通往自己的路上

陆梅 著

上海文艺出版社

目 录

上卷　读札：山色有无中

《照夜白》，散日余　003

然而世界从未完美　016

人之追问，生之追问　030

打捞掉落下去的光明　042

成长始于不断冒犯　055

林中路　068

经过句　111

下卷　沿途：光芒与河流

植物之约　　135

美的款待　　144

寻美的旅程　　150

我们的家园　　163

礼敬和激活　　169

斯文在野　　176

河流的方向　　184

读泉州　　193

一日因果　　200

看山　　205

千山归一山　　210

山中何所有　　220

静守师傅　227

微尘众　236

云和童话　243

看树　250

花、树和青苔　260

几帧少女的花影　265

无数青山水拍天　279

上卷 读札：山色有无中

◇ 《照夜白》，散日余 ◇

网上订的书，韦羲的《照夜白》到。午间休息片刻，信手翻读，谈山水画时有这么一句韦应物的诗"凄凄去亲爱，泛泛入烟霞"，韦羲的评价是："有一种凄凉的节奏，然而美，韦应物写得惆怅，又有仙意。别离是悲伤的，然而毕竟去新的地方……"

这话刚好合眼前同事桌上的那一抹水蓝浅紫，拿来形容香豌豆花气息相通。美好的花和有仙意的诗文一样，皆有远致，也叫人平白生出惆怅来。

韦羲对中国古代山水诗的解读，充分调动了山水画的"看"和古琴曲的"听"：远和近，上和下，大小对，有我无我，以静写时间，以动状空间，小中见大，由此而彼……更如构图的高远、深远、平远，笔墨从实景到虚境，及至意境、风格、画品，乃至"悠悠""杳杳""浩浩""渺渺""寂寂"，真个是"澄怀观道"，"琴中有山水，山水有清音"。这种解读很通感很古典，萧然有远意，是美的享受。

中国古典的山水诗和山水画原就是画中有诗，诗中有画，更形而上为文学和美学上的一个传统，是可以寄放我们的性情与自在的精神故乡。

所以"山水"是名词，也是动词；是地理的，也是人文的；是一种目光，也是一份观照；是太古之音，万籁俱寂，也是莽荡宇宙，人间慈悲……山水其实已内化为了我们自己，部分的自己。我们借此和"自己"相对——在艺术的世界里，我们穷尽一生，不就是为着和自己对话，和自然天地、宇宙苍生对话么？扩而言之，山水寄寓了中国的精神气质。

如此贯通中国的山水和哲学，又以比较的视野借西方思维观照东方传统，以时空和诗学的方式论画，实在是生机妙趣得很，也机杼迭出。我有点舍不得一下子读完，阖上书冥想，不觉生出爬山看园和在山阴道上的感觉，眼目间绿意纷披，循环曲致倘佯。看山是山，看山不是山，看山还是山，倏尔三重境界纷至沓来。

借明代洪应明的联句还真契合这一刻我阅读的心境：

诗思在霸陵桥上，微吟就，林岫便已浩然。

野兴在镜湖曲边，独往时，山川自相映发。

韦羲是拿这联句来说明宋、元山水画的意境变化的，意谓文明与荒野的转变。

"以我所见，唐人山水画境高古明净，比之宋人，则少一段苍茫气息。北宋山水画高旷雄浑，比之唐人，则少一片清明健朗之气……元代文人山水萧散简远，并非一味蛮山蛮石，使人生畏心。仿佛因为元人的笔，中国的山水方才格外通透起来。"

他以赵孟頫、黄公望为例，"以唐人笔致改造宋人画境"，"赵孟頫最著名的《鹊华秋色图》与《水村图》，均学董源画派《夏景山口待渡图》一路，苍茫而明朗，明朗是唐人的，苍茫是宋人的。这是极深刻的变化，可怖的大自然成为文明教化的山水，由此，山水画的境界近于儒家的理想，淡泊明志，宁静致远。黄公望山水手卷一派冲淡，大山水则恢复北宋全景的宏伟气象，但北宋山水的崇高生于恐惧，而元代黄公望的高远全景山水则雄浑而斯文，《天池石壁图》的崇高乃是无恐惧之崇高。"

虽说做了一回抄书党，但是这两段画论结合唐宋元的历史背景和美学气象，很有豁然开朗的快慰，比对书中画作也能了然会意，于我这样一个门外人竟是醍醐灌顶，读来如沐春风。难怪给书作序的陈丹青要说："我早盼望这样的史说：它须由画家所写，否则总嫌挠不到痒处；它须写得好看，有文采，不能是庸常的中文；它该有锐度、有性情，它须能读到作者这个人。"

这段话溢出言外的，还是写作的真理。在今天，一个写字的人，若能懂得计较辞章，能在笔墨里照见自己，又有能力与古人对坐而审视今朝，是值得慎待的。这让我想起南帆《说散文之"趣"》里的一个说法：相对于"情"的熟悉范畴，"趣"的衡量方式或许可以构成现代散文的另一种特殊意味。南帆所强调的"趣"，其实是要以"雅"来托底，甚至不惮于"迂"，但切忌"粗豪"。他一言蔽之，"所谓的'雅'背后时常隐藏了漫长的文化传统，例如来自中国古典文化的情趣、意境。"这和陈丹青说的"好看，有文采""有锐度、有性情"实在是一个意思——散文要写得趣味横生、摇曳多姿，必得有独特的体悟、奇异的感觉和杰出的语言禀赋。韦羲的《照夜白》刚刚好，于我是理想读本。

三月的周末，天气晴好，从二十四楼阳台上打眼远眺，可以望见很远的高楼与云天相接。按韦羲论画的方式——当然更是郭熙的，近处的两幢"赫然当阳"，高而突兀，眼前整一片铺排延绵的西郊宾馆、纵深处的高楼和依稀的佘山剪影，大有高远平远和深远阔远之意，好啊，眼前所见，也是我的"千里江山图"！

如此好天，不该辜负。于是起意去看樱花。微信里查了几个去处，出门又改了主意，还是避开热闹闹的人群兴之所至吧。这就穿进小区林荫道，小树林里交错着各种林木和灌丛，香樟深浓的枝叶起了新芽，"芳林新叶催陈叶"；迎春花抽出一盏盏金子般的小太阳；绕步道走，临水的一面，柳条也发芽了，微风里拂过柔软的叹息。就这么一路闲走闲看出了小区，坐几站公交，步入高岛屋对面的虹桥开发区公园，和一树树白玉兰隔湖相望。

白玉兰花开正满，花瓣大得仿如一只只鸽子振翅枝头。春风欲动，明灿灿一派白光，脑海里翻出辛弃疾的《青玉案·元夕》来："东风夜放花千树，更吹落，星如雨。宝马雕车香满路。凤箫声动，玉壶光转，一夜鱼龙舞……"白玉兰是上海市花，生长在繁华里，白色也可以很热闹很市井，究竟，它吸纳了世间所有的颜色。

公园的高低草坪和樱花树下铺满聚会的野营毯，有的还搭起野外帐篷，小童们追逐笑闹，争相和爸爸、和大哥哥扔飞碟，留下年轻妈妈舒心看天刷手机。

不见樱花。几株大樱花树伸展着枯褐色的枝子。凑近了瞧，花信原来躲在春阴里，鼓胀着的花苞呼之欲出。嗨，不必急，风有信，花不误。

"良好的品味更多地取决于鉴别力，而不是盲目排斥。当良好的品味被迫排除一些事物时，它带来的是遗憾而不是快乐。"

奥登的大实话，却是必要的提醒。要知道，人总是很容易生出傲慢与偏见，而且还是浅薄廉价的顽症，尤其在这个匆忙喧嚷、耐心缺乏的时代。但是，话说回来，谁没有偏见呢？在盲目排斥和偏见之间，重要的是，千万不要把自己的喜恶强加给他人。

还是英国诗人奥登，他在《染匠之手》里说："没有诗人或小说家希望自己是有史以来独一无二的作家，可是大部分作家都希望自己是活着的独一无二的作家，而且相当一部分作家天真地相信这一希望已经实现。"

在我刚写出一两本书的时候，也曾自信爆棚过，而且在出版第五本书时，简介一栏写："这是我的第五本书，我希望我的书一本比一本好。"其实心里还有半句话:"而且每一本都独一无二。"当然,是的,时隔多年后的现在已没有勇气这么不知天高地厚了。但是奥登说得对,作家们都天真——天真总比世故好。一个认真又默默写作的人,需要以天真之心善待自己的文字。脆弱和天真永远是一个作家与命运同行的隐身衣。

然而才华是命定的,创作力也要等待时间来验收。写作日久,最先安慰你的,肯定不是这个"独一无二",而是,你依然还能够保有爬坡的耐力和耐心。这是我自己的一个感受,读者诸君一笑置之。

地上捡了一片金黄的广玉兰叶,革质、手掌一般大的老叶片,雨中闪着亮目的光泽,太醒目太鲜亮了!于是停下脚步,倒退回去,撑着伞把它捡起。

原来是一个提醒啊——今日春分!"春分雨处

行"。难怪小区里林荫道上起了一地的落叶，黄澄澄的是广玉兰叶和枇杷叶，深红赭黄的是香樟叶，鼻翼间满是湿漉香樟叶的清香气。脑海里跳出一个想法：二十四节气里，春天的几个节气，立春、雨水、惊蛰、春分、清明，还有谷雨，最有生机心和警惕心。和草木的郁绿芬芳比起来，其实它的萌发期更能惊醒生命和生机。人也是一样的吧，大自然的春天对应人的青少年期，也正是身体拔节的时候，小兽一样的机敏青涩和不可控。多么向往这样的一个时期，而今的我，已然跋涉逡巡至半山，眼目所及，那些毛茸茸青翠欲滴的苔藓地衣和蕨类不见了，随山行高度变换生长的是茂密深阔的大树和附生其上的藤蔓，重重枝叶复重重，打眼望不到天。人在山中走，退而不得，只能负重徐行了。

"画树当觉其生"，这是石涛的"画语录"，用在文章上也贯通，生就是生命、生机、生长的痕迹，也就是像真的存在过一样，是活的，有生气的，哪怕是静止在一方宣纸上，当你驻足凝定的瞬间，你能够感受到时间的流动。一片叶子，夏绿秋枯冬凋零的生命盛衰的体验；一只飞鸟，云天里广阔绵延无穷无尽的幽远，真真"野旷天低树，江清月近人"。韦羲在《照夜白》里论及"空隙之美"时说："文心画境，何其相通，无所谓具象或抽象。"

"五斗米不是一次装成的。"行至终南山的三圣殿，先生走不动路，选择在半山腰的小庙里休息等我，得了这样一句话。他和庙里唯一的和尚喝茶聊天时，我踏上了南五台陡峭的台阶继续往上。一径低头弓腰地爬着，猛抬头，看到大片黄金色撒落在高树满坡的斜面上，单瓣、纯金，花瓣秀雅且美。原是蔷薇科的垂枝灌木棣棠花，开在"四月芳菲尽"的暮春。众色凋谢，山谷滴翠，这个时候点点金黄色的棣棠花简直是一幕奢华的盛放。棣棠花有个好听的别名：山吹——风吹山谷的生动，想想金子般的亮片，照亮了满山谷的绿，"却似籁金千万点"，写瘦金体的宋徽宗也是喜欢棣棠花惊艳众芳的纯金色的。此刻，风静树深天空湛蓝，山吹色真美啊！

所谓山行，原来是一批人，后来是二三人，最后就只剩下了自己。你就和自己同行，喘息声，山鸟声，一个人的脚步声。立定在一棵老树下歇息，乌鸦在头顶的呱呱声，小翠鸟的啁啾声，啄木鸟的笃笃声，蜜蜂的嗡嗡声……有两只体型超大的长尾鸟突然超低空滑翔，飞出"哗啦啦"的动静，以为身后有人，侧身看，大鸟一前一后窜上天，冷不丁吓你一激灵。

终于登上了山顶。八百里秦川壮阔深远。远近群山丹青水墨般层层延展在面前，眼目所及，远山云雾黛影，近山浩渺深邃，万楞山脊苍翠尖新……这是我第一次见秦岭。群山面前，灵魂出窍般，我的脑袋一清如洗,仿佛真有这样的一股神力把我的身心涤荡。此刻,立在山巅的我只是一具空壳,而那个丰满的真身去了莽荡辽远的苍山间……

你得确信,所有的信仰都是美的。比如凝神群山的那一刻,猛抬头照见山吹色的惊异,滞留僻野小庙时师父脱口而出的一句话……

"这个神圣的时刻,完全合理,/……世界就在周遭与目前,/我知道,此刻我并非孤独一人,/……"(奥登《晨祷》)

◇ 然而世界从未完美 ◇

林散之给傅益瑶上书法课,有一次写完长长的一笔悬针后,笑说:"死蛇挂树。"傅益瑶吓一跳,以为院子里有蛇。林散之的"死蛇挂树"是指他的那一笔悬针——这是个书法用笔,"蛇虽死不僵,骨血精气俱含于内,挂在树上虽是下垂,却有股向上的力量。所以悬针这样的用笔,向上的内力极关重要,最怕的就是有气无力地向下拖。"这是傅益瑶的体会。

刚好在学书法的圣恩铺纸写字,我就央她试一试"悬针"——嗳,纸上得来终觉浅,切己体会笔底知。刚还哂笑女儿的那一笔"狗尾巴",自己写来,才真是"有气无力地向下拖"。林散之的两句诗:"笔从曲处还求直,意如圆时更觉方。"这笔墨的法度,实也是作文为人的堂奥。傅益瑶在文章里透露:"林老写字的习惯是将蘸饱了墨的笔落纸即书,从湿笔一直写到干笔,写到渴笔为止,中途从不舔墨。"说来就是一股子气,古人早有"一鼓作气,再而衰,三而竭"之叹。

郭熙在《林泉高致》中提出的"三远"概念:"山有三远。自山下而仰山巅,谓之高远;自山前而窥山后,谓之深远;自近山而望远山,谓之平远。"

《林泉高致》论山水,还有三境:可居、可游、可望。韦羲"借题发挥",认为"可望"对应造型,"可居"对应空间幻觉,"可游"对应时间性。造型是静态的,凝视的,更强调空间的连续性,西洋画多取之;中国画则以时间为主线,是动态的,游观的,更重视时间的连续性——如此说来,中国山水画更"可游"?

因了韦羲的"借题发挥",按图索骥书架上一通找,又上网补仓,一大摞论画的书相继堆叠到了案头,也不知几时能翻完——姑且不论翻开的又能体悟几分？"功不唐捐！"脑海里立马跳出胡适爱写的四字词来，好吧，无妨拿来勉力一下自己：天下没有白费的努力。

　　米桶里的米见底了，先生淘米预约翌日的早餐白米粥。"啊，这事情我来做！"我放下书积极揽下给米桶装米的任务。塑封的袋装大米，一公斤重，真空抽了气，提起来板砖一块。剪刀横着剪去一条，"嗖"一声，空气精灵们尾随而入，米袋立马松懈下来。很快意地双手提拉着在地板上一顿，倒进米桶。如是反复，放进四袋大米，小米桶很快就满了，手撩拨着稻香扑面白花花的大米，竟很有成就感——实在也是满足感。

　　把这心思说与先生听，他漫不经心道："最舒服的人生，就是每天有饭吃。"

　　"每个人有一支好笔是幸福的。"晚饭后，客厅的长桌上，先生在临徽宗的瘦金字，圣恩埋头功课，三人各踞一端，只听先生道："这支笔还真灵，写起来舒服。"他已换了数支毛笔，都不趁手，于是有了如上之叹。

此刻我手里也有一支书写流畅的派克钢笔。为不负好友馈赠，每天不论写不写字，我都掏手机一样把它从包里取出，放在显眼处。

终于翻完美国学者伊沛霞著的砖头一样沉的《宋徽宗》，先生正临其瘦金体，算是无巧不巧。徽宗赵佶在他写字画画时的花押（签名），乍看像是上下笔画散开的"天"字，又像是小孩子漫不经心顽皮乱点的"开"字，这是书画造诣相当自信的赵佶独创的"天下一人"花押，被历代书家公推为第一"绝押"。

看徽宗年表，十九岁被立为皇帝，四十六岁被女真人掳走北行，五十四岁客死五国城。有整二十七年安享皇帝宝座，却不断在施行生杀予夺的大权里反反复复，朝令夕改。比如对元祐党的贬谪、清洗；焚毁三苏、秦观和黄庭坚等人的书籍印版；命人将元祐党人的黑名单刻印在碑上立于各州，不出一年余，又渐生悔意，撤销了之前的禁令——他绝不会想到北行沦为俘虏的路上，苦恼于没有书读，竟以自己的衣服向贩书人换来《春秋》；对身边几位重臣蔡京、童贯更是忽而罢免，忽而召回，委以宰辅重任。"天下一人"的自信在他独创的"花押"里竟也似一个隐喻，一任"天真"，一提一扫，天下断开，风流云散。

他的那些瘦金体诗帖，在我这个鲁莽者看来，通通显现出冷兵器时代的铁马金戈。到最后，也都简约成了一个字，瘦胳膊金腿的长枪短矛。真够讽刺的，却原来，他在快轻裘的好日子里写下的那些诗文、碑帖、书札，早就埋伏在了他四十六岁的中年——北行途中溃不成军——到五十四岁客死他乡，他在囚禁日子里虽留下了不少"亡国诗"，但是却几乎不写字了，四十六岁写下"罪己诏"后，不得已写下的多是给金人的谢表。有一次金人拿到他的字甚至怀疑不是他本人所写,改换字体的艺术家皇帝到底任性到了最后,以此保全第一绝押的后世声名……不过也难说,"铁马金戈"究竟是要衣食无忧元气饱满时才能笔扫天下,而身陷囹圄饥饱无着的皇帝怕是有心也无力。

"他认识到,如果一个人写完一首诗就确信这是一首好诗,可能的情形是,这首诗只是一种自我模仿。要表明它不再是自我模仿,最有希望的迹象是一种彻底的无从确定的感觉:'这首诗特别出色或是特别差劲,我说不清。'当然,这很可能是一首差劲的诗。发现自我,这是十分被动的,因为自我就在那里。它只需要耗费时间和注意力。不过,改变自我意味着朝一个方向变化,向一个目标前进,而不是朝另一个方向向另一个目标前进。目标可能是未知的,但是如果预先不假设目标在何处,运动就不可能进行。因此，正是在这个意义上，诗人经常对诗歌理论表现出兴趣，甚至构建一种自己的理论。"

奥登在《染匠之手》里的这段话对我是个提醒。这里的"他"是奥登自己吧，他吐露个人写作经验：发现自我是容易的，学习成为自己也不是不可能，花上足够的时间也能达成，但是，当你构建了一个游刃有余的自己后，如何命令自己不要模仿自己，不要成为自己，那才是一个大考验。发现自我——成为自我——重塑自我，这个"自我"在不断的成就和扬弃中饱满着、创新着、断裂着。难的是，我们如何听命于内心的审查。

不过奥登的这段话也让我回想起阅读时的一些体验。就说诗吧，一个诗歌门外汉翻读诗人们的诗集常常也困惑：单首诗，挑出来读，都很美，很有形而上的哲学意味，借用奥登的话，都有"令人着迷的节奏、奇异的表达、隐秘而神圣的词语"，但是当这些美的诗合为一本诗集后，就免不了生出审美的疲劳感，这真是对诗人劳作的不敬。而糟糕的是，类似情形更在散文、小说这样的文体里出现，可见并非偶发性概率。检省一下，难道我自己就安全无虞被豁免了吗？

否定和冒犯自己总是艰难的，那也意味着你得有强大的可塑性，以及面对所有不被理解的孤独的勇气。是的，一切艺术和艺术家的努力都是为了创造完美，"然而世界从未完美"。（奥登）

病中听有声书《约翰·克里斯朵夫》。克里斯朵夫一意孤行，不留丝毫情面的批评文章惹恼了向来资助他的大公爵。大公爵觉得地位受到了挑战，淫威怒斥。克里斯朵夫发了疯一样不肯妥协。连最后的一点面子都撕破了，很快，命运等着他，一头发疯的狮子人人都想送他一拳，而那些被他中伤过的"敌人"更是乐意看到他死在自编的牢笼里。如果一个人公然和所有人作对，这个人就成了"公敌"。"攻乎异端,斯害也已"。那么谁来标定那个真理?谁又是真理的主宰?

还是看看命运吧。曼古埃尔在读歌德的《亲和力》时,对夏绿蒂对命运的认识既感到迷惑,又为之沉醉。

"命运,"夏绿蒂说,"操纵着某些事情,它是非常固执的。无论是理性、美德、职责还是其他一切神圣的东西,在它的面前都是徒劳的;事情的发展在命运看来似乎是合理的,但在我们看来却不是;命运正是这样在捉弄着人,无论我们怎样选择。"随后她似乎认清了真相,她说的下面这段话听起来像是自责一样:"可是我在说什么呀!事实上,命运努力想要实现的,正是我自己的心愿和意图,而我却那么无知,却还要竭力与之作对。"

克里斯朵夫在遭受命运接二连三的嘲弄时肯定有过更激烈的挣扎吧。像克里斯朵夫那样的人物,是否罗曼·罗兰更愿意看到他的失败?对,罗曼·罗兰最喜爱的典型——失败的胜利者。"他的目标不是成功，他的目标是信念。"克里斯朵夫那颗天才的头颅，不安的灵魂，激越的心脏，藐视一切权威的脑袋，总是一往无前地走在多数人的反面，孤独是必然的，身体也受到损害，他的所有的努力似乎都是徒劳，连紧随其后的读者都感到了不安，替他急，恨不能撕开书，走进故事里，劝他：怎么着，跟命运妥协吧，不要再折腾自己了……

当然，照旧，你不愿看到的一切都发生了。而与此同时，故事是故事，看故事和听故事的局外人反倒受了故事里人物命运的影响，朝着那个暗示神思浩淼，隐身成了故事当中的一个人物。

人愿意读小说，是预测不了自己的命运，却可以走进他人的故事，旁观他人的命运。有时命运面目可亲，更多时候命运是暴君是伪君子是零余者失败者不识时务者……命运裹挟着强大的未知推涌着人物逼向自我的极限，作为旁观者的你，刚好也部分参与了这个过程,你在他人的命运里看到了自己——最高的奖赏莫过于经由阅读,我们在一个更大的精神世界里重新找到自己的位置。

看《T.S.艾略特传》。一九二〇年,弗吉尼亚·伍尔夫形容三十二岁的艾略特"嘴巴歪扭紧闭,没有一丝放松和自在;哽塞,压抑,拘谨,却有一股莫名的强韧力量",是一个"非常自我中心、自我折磨、自我检省的男人"。

我发觉,这一形象用在罗曼·罗兰笔下的音乐家约翰·克里斯朵夫身上也恰如其分。天才的艺术家似乎都是看起来别扭的人,乖张、怪癖、极度敏感,表情夸张痛苦。内心的风暴太强烈了,投射到脸上就有股"不自在的自大",命悬一线的紧张感。克里斯朵夫到了法国,生活困顿,缺少朋友,一根粗香肠挂在窗边,每天只割一片,配一块粗面包,一杯自己胡乱调制的咖啡,这就是他的晚餐。他瘦弱不堪，两条伶仃细腿支撑着一颗强大头颅——对音乐、艺术过分的敏感和消耗投入。

所以，他们常常也是智慧熠熠的，当他们谈论他们所挚爱的文学和艺术时，他们就呈现了天使的一面。照片里的艾略特其实是个美男子，衣着考究，举止优雅，一双手白净修长，骨节匀称，光写诗简直可惜了。照片里的他二十六岁。他的哈佛好友、美国诗人、小说家康拉德·艾肯（Conrad Aiken）称他"非常优雅有魅力"，头脑"最为出众"。

约翰·沃森在《T.S.艾略特传》里写道："艾略特一生言辞尖刻，爱讽刺，所以招致非议。"这一条，似乎也是天才艺术家的通行标签。约翰·克里斯朵夫刻薄起巴黎的音乐艺术来简直是暴风骤雨，丝毫不留情面。他也因此失去了朋友，陷入更深的困顿。艺术家的捉襟见肘又是一项罪过，典型还有梵高。越是才华横溢，越生活无着，连面包都吃不起。当然时代的穷人太多了,"朱门酒肉臭,路有冻死骨"在巴黎和伦敦的街头一样寻常,天才艺术家和穷人们享受着同等的待遇。克里斯朵夫对命运的抗拒,在信仰面前火一样燃烧的感情,实际也是罗曼·罗兰在现实中的投影,约翰·克里斯朵夫就是罗曼·罗兰自己。

什么是艺术?一个出类拔萃的艺术家最该坚守的是什么?在罗曼·罗兰还是一个年轻大学生,彷徨无助于十字路口的时候,他有幸得到了来自遥远俄罗斯的宝贵回应。那是老托尔斯泰用法语写给他的三十八页纸的长信。这封回信以"我亲爱的兄弟"开头,"'我收到了您的信,它打动了我的心。我含着热泪读完了它。'然后,他试着给这个素不相识的青年阐述他对艺术的见解:只有那些把人们联系在一起的艺术才有价值,只有那些能为信念作出牺牲的人才称得上是艺术家。并不是对艺术的热爱,而是对人类的热爱,构成了一切真正使命的前提;只有充满这种爱的人,才能指望在艺术上作出宝贵的贡献。"在听完小说长卷《约翰·克里斯朵夫》后再读茨威格这本《罗曼·罗兰》传记,脑海中那些怀疑的天真念头,忍不住想要走进故事干预他人命运的幼稚幻想即刻泯灭了——那是怎样一个强大的灵魂!这个灵魂生来就是要和命运抗争的,他们既是敌人又是挚友,而命运又赋予了这个伟大灵魂扣人心弦的生活,"但这恰恰是命运的爱好,偏要以悲剧的形式来塑造伟人们的生活。"

◇ 人之追问，生之追问 ◇

一本有趣的书，《人之追问》，副题"来自史前考古学的思考"，以为是专业考古学历史著述，却生动轻松得有趣，一些观点虽一家之言，却叫人心有所思，比如把司马迁列为考古学的宗师，理由是"究天人之际，通古今之变"也正是考古学的工作。"考古学家把历史学的范畴从时间上、空间上乃至于研究对象上都大大扩充了。"也就是说，考古学家不单"格物"，也"格人"。

还有一段对考古学家的描述也有趣："考古学家也是生产者，除了像农民一样在野外经受风吹日晒，也像工人在生产线上似的围绕数以万计的遗物进行日复一日的整理，也像科学家一样在实验室中运用仪器设备观察，还会像哲学家一样坐在书斋的沙发上就着一杯茶或咖啡玄想。这是一门跨越自然科学、社会科学与人文科学的学问。很简单，也很复杂；很科学，也很文艺。"

这段话，很轻松也很形象地道出了什么是考古学，同时也拉近了寻常人和考古学家的距离。

再有，"考古学是一门研究垃圾的学问"——这个说法颇可玩味。所谓垃圾，就是古人活动的遗迹与遗物。对古人来说，它们就是不能传之后世的无用之物，当然就是垃圾。作者进而又说，"人类的历史就是一部有关垃圾的历史，这是千真万确的。"这么说来，所谓垃圾就是人的创造，无中生有，随着历史的演进和文明出现，"我们终于进入了一个垃圾时代"——生活垃圾、信息垃圾、知识垃圾；实物垃圾、精神垃圾；古代的垃圾和现在的垃圾……我们是垃圾制造者，也是垃圾消费者。垃圾包围了我们的生活。每天打开邮箱、手机、电脑，铺天盖地各种广告垃圾，有时一不小心鼠标触碰，刷刷刷，网速特别地畅通无阻，想关都关不掉。二〇一九年上海轰轰烈烈一大全民运动当属垃圾分类，小区门墙上随处可见干湿垃圾分类的小知识，生活垃圾建筑垃圾定点定时投放的宣传横幅——"垃圾分类举手之劳，循环利用变废为宝""人以群分，物以类聚""垃圾分类我'仙'行"——这是我所住仙霞路小区的口号标语，真真，我们的大脑皮层都被垃圾裹卷了！

古代的垃圾是垃圾，放在今天却成了宝贝，那么今天的垃圾是垃圾，同样也可变废为宝。这就是新科技的力量，人的创新力和创造力。当我们终于意识到垃圾的不可降解，也领受了它的不胜其扰——不论是实物的，比特的，还是精神的，唯一的安慰，就像这本书的作者、考古学家陈胜前所言，无妨以考古学的视角看过去，看现实，"人既是适应的，也是创造的"，以穷根问底的精神，审视我们的时代与生活，垃圾之于人类，或许真是一条检视我们自身的真理。

读到一些写作的诚实经验,有启发,比如艾云在《散文写作的生命在场》一文回忆自己的写作之旅时道:"我要细细描摹那些现象,更贴近事物本身;同时要求语言不仅仅是达意,还要精妙。""一定要学会自己掌灯,照亮自身。"

二〇〇三年,崔卫平看了艾云刊在《百花洲》的散文《僭越的理由》后提醒作者:"你的文字还是过于命名,锋芒频闪,反倒意象不深,太晃了。你可以将文章写得再钝些,使用刀背的力量。"

这段话,真是诤友之言。

读二〇一八年国际安徒生奖获得者角野荣子的儿童小说《隧道的森林》。关于写作和阅读,她的这两句话诚实而具感染力。

"说故事的重要之处是,一旦你将故事交给读者，那就是他们的了。"

"随着你不断阅读，你会在大脑中渐渐建立属于你自己的字典，当中那些文字，将成为你人生中的能量。"

顺着这两层意思想下去，我觉得，相当重要的，就是这个讲故事的人交给读者的是什么样的故事。是一个"好"的故事，还是一个"好看"的故事？"好看"易编，"好"难求。偏偏现在大家都在追"好看"，创造故事的，出版故事的，推荐故事的……于是连读故事和听故事的小朋友也理所当然接受好看的故事就是好的故事——好的故事当然前提是要有一个好看的故事，但也不尽然；反过来，好看的故事也可能是一个好故事，但好看不等于好。

这话说来有点绕，一个简单区分是：好看的故事往往有套路，可以复制，编的成分多；好的故事一定是真诚的，独特的，是作者生命的蓄养，作者写下它，可能生命中的一部分能量也转移到文字里了，所以读者的我们能够感知到和触摸到作者的灵魂、文字里人物的灵魂。

角野荣子的《隧道的森林》是一个好的故事，因为它有真生命，别的聪明脑袋编造不出来。这是角野荣子"自己的故事"。八十岁时，她以自己的童年经历为蓝本创造了一个叫伊子的小女孩如何在战争年代经历成长的心灵故事。阴影笼罩的艰难岁月，八十岁的老太太却以轻盈明亮的柔和方式道出，那无法编造的，只能是生活的赐予，是一个好作家长期积累的独到发现和生命体悟。

死，似乎是一件容易的事。而生，却如此艰难。

无论怎样的死，告别都是决绝的，朝向仪式化的不容置疑。冷静的人哭不出来。心碎的人眼泪不知为谁流。当所有的仪式结束，那个扶柩痛哭的人、那个手捧遗像的人，最艰难的时刻度过了。向死而生是他或她此生的功课。接受死是谓必然,练习生却是山重水复。生活的痛苦在于,我们总是在经历循环往复的人生。适度的遗忘成全了这样一种日复一日,我们又重新走在了生活里。然而这并不能解决问题,需要新的生活加以拯救。

从告别大厅出来,我立在台阶的宽廊处,不好意思不跟才见过面的三十三年未见的初中同学不告而别。一团麻衣素裹的人也从大厅里陆续拥出。当头的,就是我们的初中语文老师、班主任陆建华的公子陆一帆,他捧着父亲遗像,眼睛已哭红。年轻妻子紧随相依,也是一袭白衣。他们看见了我,我迎上去:"一帆节哀。"再没话可说。夫妻俩致意,告别。他的母亲、陆老师的妻子早就悲痛欲绝,由至亲搀扶着移步。我看着下午三点半的阳光打在一级级石阶上艰难拥簇着的白衣人身上,蒙太奇般的晃眼。一切都静止了。空洞而死静。置身于空无,有那么一刻,认命般的,我伸手接过了自己的死亡。

有些丢失是必然的。恰恰因为它们的丢失和遗忘，生活才呈现了它本来的面貌。而我们也由此获得了向时间和记忆之海倾诉追索的愿望。

和生者的告别更艰难。一句"再见"，可能是再也不见。三十三年不曾见的同学，以为早就面目全非，却还能找回往昔的影子，即便是当年不怎么说话、交集甚少的男同学，也还能依稀辨认他们少年时的模样。然而却不知该说点什么，几句招呼后便是尴尬的静默。我们都是熟悉的陌生人。多年的记忆也弥补不了时间的沙漏。

必须从现实里抽身，记忆才获得解放。就此挥手道别，快速离开，各奔东西。我坐上车，向高速公路驶去。叫人感慨的是，我突然意识到在我接过自己的死亡的那一刻把过去给遗忘了。我和往昔的自己挥别，泯然于众人。这是另一重告别。

然而、然而是这样吗？晚上睡下的时候，我

的脑海里不断回放的尽是这些少年人的模样。时间并不曾抛下一切。我一个个看过去，不用顾念缄默的尴尬。他们又生动地活过来了。甚而我惊异地发现，送别团的这十几位，除了班长高琼，并不是当年成绩出挑的一个个，他们属于被老师和"好同学"忽视的一类。三三两两，或独来独往，他们在班级里并不出挑，甚至他们自己忽略自己，隐身在光影里……这、真叫人感慨！

二〇一九年五月四日，在参加完陆建华老师的告别仪式从老家回来后，我写下如上文字。说是老家，其实松江早成了上海的一个城区，高速公路一小时不到的车程，市区随便堵个车、上下班坐趟地铁都要这个时间，真不算远。可是毕竟初中同学有三十三年未见，和班主任陆老师也一样。本来三十年同学聚会时可以和老师同学晤面，因为出差，没能成行。物理空间是越来越近了，而人和人的心理空间却仿佛疏远。这是现实,普遍的人际现状,看看微信里的朋友圈,有多近就有多远,有多熟悉就有多陌生。

没能赶上生的聚会,却不得不接受站在告别大厅,和老师做最后的道别。二〇一九年四月三十日晚九点,我的初中语文老师、班主任陆建华遭遇车祸抢救无效意外过世。这个消息太突然,以至于我和86届同学都还没做好准备。在陆老师教过的一届届学生中,我们肯定不是陆老师最优秀、最特别的一届,可是送别团的同学们却朴素地以为,我们是陆老师的唯一。我们是陆老师最后的孩子。虽然这些孩子早已经长大,早就超过了陆老师当年教我们时的年龄。但年龄不是问题。陆老师都还健在呢。微信里还有班长高琼发来的截图,陆老师翻找出当年我们这一届毕业班的合影,我们在松江醉白池春游时、军营里联欢时的照片。因为几次搬家,我珍藏的相册再难找到,不好意思叨扰老师,就托了同学沈霞、高琼。照片发来，有几张正是陆老师帮忙翻找的。照片里的他，意气风发，还总有一个调皮搞怪的孩子，是陆老师的小公子一帆。但凡有校外活动，陆老师总把他放在我们这些大孩子中间，由他笑闹，和男生们打成一片。懵懂的我们，只觉好玩，如今看照片，这般灿烂的一幕，不就是一个大家庭吗？的确，我们就是陆老师的孩子。一日为师，终身为父。

本来我有一个小小心念，我有本写家乡的散文小书《再见，婆婆纳》即将付梓，我托同学找照片就是为的这书。我想给陆老师一份礼物，等书出版，亲自奉上。所有我想要表达而未能说出口的；一个从小惧怕作文上课不敢举手的女孩，怎样因为逢着了一个好老师而有幸爱上写作；这么些年她走得再远，总还记得回来的感念感铭感恩之情，传递给陆老师，向陆老师汇报……如今，是再无可能了。

杂志上读到美国作家安东尼·多尔的一句话，箴言般，给我深重一击："寻找东西的唯一办法就是，你得先失去它。"——确乎是个普遍的真理，不过叫人感慨的是，我们的失去和找寻就跟赌牌一样，总要搭上时间精力，可能的运气，所以然的推算……乃至无可预测的一辈子的人生。

◇ 打捞掉落下去的光明 ◇

"没有一天不写一点",梵高在给弟弟提奥的信中写道。梵高是一个绝对自律的人,像个苦行僧,"每天写作、读书、工作与练习,坚持不懈的精神将使我有一场好的收获。"他每天把自己排得很满,几点起床,几点出门画画。到晚上该睡觉休息,还在坚持给弟弟写信。吃得又清苦。"有时候我的头很重,时常发烧,脑子很乱——在好动感情的年纪,要习惯于并且坚持很有规律的学习,到底是很不容易的。"可他又安慰自己,"为了得到进步,我们必须用愉快与勇敢的精神来安排计划。"

看电影《至爱梵高》,一百位艺术家的手绘画和梵高原画作品中的人物原型还原成一段艺术人生。影院出来,脑海里晃动着金色麦田,麦田里的枪声，乌鸦排箫般飞起，小酒馆影影绰绰盘杯狼藉，一文不名的梵高陷溺在贫寒、肮脏、冷静还有热情里，火焰般灼烧，灵魂痛苦着，备受煎熬……一个天才总是要发疯的，不发疯怎么活下去呢？

想到聂鲁达的诗：每个白昼/都要落进黑沉沉的夜/像有那么一口井/锁住了光明。//必须坐在/黑洞洞的井口/要很有耐心/打捞掉落下去的光明。

一个作家一生中可能会写很多很多的书，但是，总有一本，是他以生命写成的。不是说一定像路遥那样的以生命换取，而是一种积聚在血液和生命记忆里的强烈表达，是思想和灵魂，也是命运和身体。可能这种倾吐和唤醒是宿命般的，拥有那一刻，就是永恒的至福。庞余亮的《半个父亲在疼》，我以为就是。他写父亲的那些篇章，也成了宿命般的存在。人到中年，对充满痛感的文字特别敏感。年轻时可能不会在意，也很难去在意。这样一种阅读，我以为也是一种写作——作者完成了表达，而阅读者的我们发现了自己。所以，我要谢谢庞余亮。好的文字就是一种唤醒。

书中重墨写父亲的都是墓志铭，写母亲的却是诗篇。有时候它们是一回事，墓志铭就是诗篇。更多时候，却有微妙的不同。也许读懂了诗篇的柔软和墓志铭的坚硬，我们才有可能和自己达成和解。就像庞余亮在《恩施与孝感》一文里写下的："我们每个人身上都含有许多人，每个人都是世界上许多人的因果。"看这些篇名：《穰草扣》《母亲的香草》《慈姑的若干种吃法》《两个春天的两杯酒》……母亲在庞余亮的生命体验里就跟他笔下这些篇名一样，充满美好温暖的怀想。一个诗人的母亲是有福的，她在她默默的命运里永生。

无论墓志铭还是诗篇，还是辑三《绕泥操场一圈》"露珠笔记"的方式，都是诗人庞余亮生命的提炼。这一辑文字我读得相当畅快，庞余亮做过多年乡村教师，他笔下那些乡村野孩子，跟随时会造访校园的鸡鸭猪鹅们一样，都是俏皮有趣、祸福相依的乡间生灵。庞余亮太会抓取生活的光芒了，比希梅内斯的《小银和我》还要好。

希梅内斯是诗人，庞余亮也是诗人。诗人的散文，用布罗茨基的话说："一个糟糕的诗人可以成为一个好的散文体作家。"——那么，更何况一个好诗人的散文。当然布罗茨基这话还有后半句："一个优秀的诗人，散文写得再好，名分不是散文的，而仅仅是诗歌的另一种呈现。"布罗茨基这话并非是对散文的轻贱。或许他是太看重诗歌对散文的训导了，这恰恰说明了对散文的不可低估。汪曾祺说"写小说就是写语言"，张炜讲"虚构小说就是虚构语言"，那么散文就是语言了。这一百二十五滴"露珠"，是庞余亮用属于他自己的语言打造的一百二十五朵金蔷薇。"寂静是乡村学校的耳朵"，庞余亮不用意念就猜到了少年们跑得风快的声音。他们的眼睛里，"依旧是那种新鲜的漆黑"。

在南京中山陵、明孝陵一带走，看到的树都一径往上，很高很茂。南京的树都是挺拔着向上长的，龙盘虎踞，过往历史都扎在深土里，又以树的形态直上云天。南京的树有义薄云天的气概。

这让我想起喜欢的《钟山》杂志。气质上，这本杂志很像南京城的那些树。第一眼端庄，第二眼深阔。看上去寂然不动，可一直在伸展和吐纳，莫言、格非、王安忆这一代作家都表达过《钟山》对他们的包容。当年别处不能发的退稿，转到《钟山》就改变了命运。作为编辑同道，我和《钟山》主编贾梦玮相识多年却并不常有交集，但是他给人信赖感。有天他电话里向我推荐，说他们杂志难得一见发了个散文中篇的头题，夏立君的《时间的压力》，随后发来一则他撰写的短评。点穴般的金句，精悍、准确。那时书还没出，也没获鲁奖，这个作者又写得不多，文学圈大多不识他。又过了一年半载，这书出版了，获奖了。

《钟山》的编辑不多，就那么几个，也不怎么动，感觉跟南京的树一样，自成气象。一棵一棵，都长成了深茂大树。大树下面很难长草，杂木灌丛也不易长高。可见大树端然，周遭生态很难影响到它。《钟山》四十年了，虽然编辑和主编也在接力，但根系始终稳固。它一直在"文学阅读的第一现场"。如果说文学所创造的世界，是现实世界的延伸和补充，是许多种人生的叠加，那么一本文学杂志的四十年，它所创造的波澜壮阔的景象，足可长成一片植被丰富的森林了。

多么好，南京的树，和同在南京的《钟山》，它们共有一个名字：山河众生。

书架上找书时翻到加拿大作家曼古埃尔的《阅读日记》,简净纯白的封面,书里有一道道水笔划线、随手的眉批和折页痕迹,当年的阅读感受还不曾全然忘却,"重温十二部文学经典",书的副题呼应般激起我重温的愿望。

心里生出一个计划:利用碎片时间,找出我心目中的文学经典,重读、补读,或是重新打量,记下每个阅读日子。不必深究文辞,也做不到思考的缜密,但我所记下的,一定是那一刻大脑思维最活跃的部分,虽则是片段、细节,某个语词、某句话,但它之于我,是一种打开,一次照亮,一场唤醒。那么,这样的阅读和记录也是有意义的。

不带任何预设,仅仅只是感受和学习——学习如何读懂一本书,感同身受一个优秀写作者深致的内心世界,深刻的洞察力,像曼古埃尔一样,也记下"由一系列的注释、感悟、旅行印象记,以及对朋友、公共事件和私人事件的素描或速写",

而这些内容"又均是由自己当时正在阅读的某本书引发出来的",这件事本身多么令人着迷和令人愉悦!

加西亚·马尔克斯的回忆录《活着为了讲述》才气横溢。生活在他笔下不只是经历,生活就是他活过的所有奇迹,妙笔点染,化腐朽为神奇,神奇就成了生活本身。毋庸置疑的语气,无可比拟的才华,对生活的反讽游戏,放荡不羁,自信和自负……像冒泡的沸腾片,"扑噜扑噜"往外扑腾。刚进波哥大国立大学法律系报到,二十岁的马尔克斯已在《观察家报》文学增刊《周末》上发表了第一个短篇,四十二天后又发表了第二个短篇。文学增刊主编爱德华多·萨拉梅亚·博尔达专门撰文对他表示认可。

不错的文学开场。生活窘迫买不起书,他想尽办法弄到书,在同学间借来借去,限时归还。出入学校附近的咖啡馆，为了蹭听当时哥伦比亚文坛巨匠们的聊天。他和嗜书如命的同学一致认为，偷听文学对话显然要比从课本上学得多，学得好。

有一晚，室友维加带来三本书，随手借给马尔克斯一本。没想到这本书唤醒了他的写作人生。"那本书是弗朗茨·卡夫卡的《变形记》，假传为博尔赫斯所译，布宜诺斯艾利斯洛萨达出版社出版，它的开篇就为我指出了全新的人生道路，如今为世界文学的瑰宝：'一天早晨，格里高尔·萨姆沙从不安的睡梦中醒来，发现自己躺在床上变成了一只巨大的甲虫。'这些书很神秘，不但另辟蹊径，而且往往与传统背道而驰。事实无须证明，只要落笔，即为真实发生，靠的是无可比拟的才华和毋庸置疑的语气。山鲁佐德又回来了，不是生活在几千年前一切皆有可能的世界，而是生活在丧失所有、无法挽回的世界。"

终于把马尔克斯的回忆录陆续翻完。录下扉页上一句话：

生活不是我们活过的日子，

而是我们记住的日子，

我们为了讲述而在记忆中重现的日子。

你得承认，每一天，每一年，每一个当下的时刻，我们焦虑，委屈，郁闷，叹息，挣扎，懈怠……那些所有我们活过的日子，是生活本身，可又不仅仅只是为了生活。

微信里读到一篇好文章。评论家黄德海发在《文汇报·笔会》的《读字记》。有读者留言说，"许多闪光发亮的句子，照见了满是瑕疵的自己。""早年读孙晓云女史的《书法有法》，获触类旁通之感，故认真读黄老师此文，却原来是宕开一笔唯论字

里之法的,真好!"很合我此刻的心情,这里选录几则:

一则来自《五灯会元》,茶陵郁山主的悟道偈:"我有神珠一颗,久被尘劳关锁。今朝尘尽光生,照破山河万朵。"

一则德川家康遗训:"人之一生,如负重远行,勿急。常思坎坷,则无不足。心有奢望,宜思穷困。忍耐乃长久无事之基。愤怒是敌,骄傲害身。责己而勿责于人。自强不息。"

一则《圆觉经》中一段话:"善男子,一切障碍即究竟觉。得念失念,无非解脱。成法破法,皆名涅槃。智慧愚痴,通为般若。"(德海言"读之能给人深广的信心",然也。)

明治初期名震日本汉诗坛的小野湖山(1814~1910),九十六岁之年一首《雪中松》:"何羡百花艳,贞名终古馨,乾坤浑白尽,一树不消青。"

还有一节话，录自马可·奥勒留《沉思录》："若你为周遭环境所迫而心烦意乱，要让自己尽快恢复到正常的状态，不要继续停滞在烦躁之中。只要你不断地恢复到本真的自己，你就能获得内心的和平与安宁。"

所谓"读字记"，参的还是人生。本来"没有人读书，只有人在书中读自己。"（罗曼·罗兰语）读书人的修行，明心见性此其一，倘能寂然光动大千，真就是汩汩的生生之力。

因了好天气，中午饭后三人起意去鲁迅纪念馆。几树蜡梅清芬扑面。馆内有鲁迅作品人物展。信步闲览，一路说与圣恩听。又一次惊异，鲁迅笔下的人物真就是活灵活现栩栩如生。孔乙己、祥林嫂、阿Q、闰土、九斤老太、高老夫子、魏连殳、涓生……个个在眼前走一遍。

甜爱路边门出。三人分骑单车，沿四川北路往多伦路。看到左联标志,停车踏访。老式三层小洋楼,左联诞生地。脑海里翻出鲁迅和左联亲密又疏离的一段,印在墙上的白纸黑字毕竟单一。历史没有唯一的真相。倒是丁玲用过的咖啡壶还锃亮,踞坐在展柜里,真想把它请出烧一壶好咖啡。

心愿很快在老电影咖啡屋达成。里头小坐,顾客不多不少,各自安静刷着屏。大家都在晒好天气,瓦蓝云天,白梅、红梅、蜡梅,甚而左联老洋房见到一棵桂树也在开花。季节轮转模糊,秋天的花树、初春的花树次第生发。

录下一句话:"纵然世界嘈杂,美好依然是生活的信仰。"

◇ 成长始于不断冒犯 ◇

寻找自己的句子,也就是寻找自己的语言、声腔、风格、叙事表情等等。同样是表达,有的作家写成了这一个,有的总被归拢在一处,写得再多还是面目浑沌。这和数量未必构成同比,比如鲁迅、汪曾祺、萧红,他们的作品算不上多,写作量也各有分配,但都写成了"这一个"。鲁迅的很多短篇,是可以当长篇小说来读的。S城那一个个面目生动的人物,祥林嫂、魏连殳、阿Q、孔乙己、豆腐西施、少年闰土,就连简笔一轮的小尼姑、吴妈、赵太爷们,也都形神毕现呼之欲出。

读王安忆发在《花城》上的长篇《考工记》也有这个感觉。王安忆的语言越发简净俏拔了,简直是陡峭,明明是白话文,却像在读文言。类似文白相杂的短句，四字词居多，真就洞若观火。深意和曲致都埋伏在确凿可据的扎实细节里。叙述者的表情有点冷，是收敛的，读者却能感受到汩汩热流。我想这就是力透纸背吧。

收到何大草随笔赐稿《反辽阔》。大致浏览，即觉一篇"大咖写作课"，甚为欣悦。微信里先行谢过，大草回谢之余笑言："给《文学报》写文章，必须用出洪荒之力！"心里一暖，果然如此，那就是我们读者的造化了。

何大草文中的观点于我有启发。对小说家来说，"读得太多了，可能于理性有益，而于原创力有害。"他举木心和王小波为例，认为两人皆知识渊博，随笔写得智慧、犀利、雄辩，很让人深省，但是于小说未必。小说要的不是聪明。他说萧红，萧红的《呼兰河传》薄薄七章，却是"单纯、丰富而抵达了无限的繁复"，那是因为有细节，茂密的细节,"植物枯荣、人的生死、童年的忧伤,都是活生生的。"

呼兰河只是一条河,不是大海,"如果萧红居住在海边,中国文学可能就少了一部经典……望洋不必兴叹,因为,所有河流汇入辽阔时,都以泯灭自身为代价。"

又说到张爱玲和汪曾祺,长项皆不在读书多,张爱玲"《红楼梦》是熟读的,而欧美文学经典几乎不碰,读到毛姆为止,再往上就免了"。汪曾祺六十岁后重新开始小说创作生涯,儿女却反映"在家里不怎么看文学作品,无论是中国的还是外国的"。藏书也"实在是可怜",《鲁迅全集》只有第一卷,恩师沈从文的书也只有一本一九五七年出版的小说选集……可他们却是难得的小说天才,有"自己的细腻、敏感的味蕾",有"平静美,包含着情趣和意味。这意味,就是文人味"。

何大草或许更在意:小说家是文人,夸夸其

谈者、知识渊博者可以做文化人（学者）。文人和文化人究竟不同。文人和时代的关系游离些，他活在当下，可是"不试图去超越自己的局限，不追求辽阔，不尝试史诗，一心写好短篇，把局限发挥到极致……"

短篇确实更典型。所谓反辽阔，就是安然做自己，局限有时完美，人重要的是与自己相处、与天地宇宙相处。这何尝不是一种相互的成全。

常有人问：什么是好散文？每个写作者都有自己的体会。一篇好散文，无关短长，有时是肺腑之言，有时是灵魂的呼告，有时欲语还休，有时小径通幽，有时荡气回肠，有时微语低茫……无论怎样一种打开方式（或曰美学路径），我以为，好的散文都能够照见山河和众生，有生命和生机，有文学的内宇宙和对这个世界的想象与建构。

我向来对"微物之美"比较在意，也更愿意对一些微小的物事、意绪、心灵多做停留，以美的心唤醒人的心。如果要强调，那也应该是美的内涵和思想。我确实对思想着迷，也更倾情于思想的穿透力和美的感知力。我脑海里学习和遥望的方向，除了汪曾祺孙犁沈从文鲁迅……还比如布罗茨基里尔克塞弗尔特。

一段时间来，我对散文的看法大抵如此。可是在一次和几位朋友聊天时，我这么说却遭到了质疑。其中一位说：那会误人子弟，首要还是修辞立其诚。一个写作者，最重要的是能做到辞达。这让我小小一惊。一直以为，辞达是一个写作者的常识，不该也不必把修辞作为写好文章的关键。什么是修辞？就是表达。我们说修辞立其诚，首要还得学会准确修辞，即准确表达。准确是分寸，也是你的语感和审美。

我很欣赏孙犁的一句话："文章做到极处，无有他奇，只是恰好；人品做到极处，无有他异，只是本然。"——我想这本然和恰好也是修辞的态度。

我心目中的好散文，可以是"以少少许胜多多许"，比如汪曾祺的散文，语言特别简练朴白，一个小学三年级的学生就能读懂。可是你如果尝试去掉一个字，不成；尝试替换一个字，也不成。那都不是汪曾祺。他的语言辨识度相当高。汪曾祺散文的语言是内容也是形式，是结构还是韵味。记得他说过，好的语言，字和字之间痛痒相关，互相提携。

还有一种，"以多多许指向少少许"，比如布罗茨基的散文。"一个糟糕的诗人可以成为一个好的散文体家。"这是他的话。虽说对专事散文创作的人很受伤，但也道出了好散文的真谛。用他的书名作喻，就是"小于一"。丰沛和丰富以深邃的方式呈现，其实这一类散文和好的诗歌一样，也是献给无数的少数人的。

有段时间，游记体散文出现一种倾向：走马观花抒写主观心情,蜻蜓点水,浅尝辄止。游记体散文不好写。阿来在一篇行游散文里提到一个说法,比如说"我看梨花",是"我看"梨花还是我看"梨花",引号落在哪里很不同,前一个强调的是姿态,后一种才是真正呈现书写的对象,见的是物。阿来的意思,只见姿态,不见对象的呈现,写与没写,没啥两样,所以他写《大金川上看梨花》,既考虑结合当地山川与独特人文,同时也注意学习植物学上那细微准确的观察。

这就说到修辞的分寸——准确是分寸。同时我也在思考:"有我"和"无我"究竟该持怎样的平衡?拿游记体散文来说,有时我们书写的对象是广为人知家喻户晓的,这就产生了难度。恐怕准确之外,态度角度更关键。这时的重心是落在"我看"上的——要在熟常和习见里见出新的体察与认知。所以阿来也说:"旅游、观赏,是一个逐渐抵达、逼近和深入的过程。这既是在内省中升华,也是地理上的逐渐接近。"

专事散文，长期写，思维容易狭窄，为写而写，就会重复，落入常规化和技术活的窠臼。好比"多多许"的"多"，只是拖沓和臃肿；"少少许"的"少"也只剩下单薄、单一和贫乏，缺少发现和命名的能力。所以贾平凹说："你怎样对待自己，就怎样写散文。"散文还是要有自己的，把自己交付出去，才有成长的可能性。当然这个自己"只有越写越不像自己才是成长"，散文写得很特别的周晓枫总是一语惊人。也是啊，我们都得警惕常写常不新，警惕被固化，警惕舒适区安全感——要有冒犯的勇气，冒犯自己的惯常庸俗庸碌定见成见自以为是理所当然……种种止步生长和成长的可能。

读李修文的《山河袈裟》，语感和文体意识特别强烈。带着陌生化的冒犯，冒犯庸碌庸俗的自己。他写他行走山河的种种，自己的命运，他人的命运，文字里生长着关切，深挚的同情心，和发自内心的悲悯。所谓袈裟，是自救，或也希图以文字度人？库切说："设身处地为别人的生命着想，这是文学的高贵。"

人总有困顿。何况深陷泥淖的他们。他们是谁？李修文在自序里说："他们是门卫和小贩，是修伞的和补锅的，是快递员和清洁工，是房产经纪和销售代表。在许多时候，他们也是失败，是穷愁病苦，我曾经以为我不是他们，但实际上，我从来就是他们。"

他们都有故事，恰巧这位文字的游方僧路见了，旷野里一起走过，同行过一段困顿的日子。在《鞑靼荒漠》里是一个叫莲生的十五岁安徽男孩。"人间亦有痴于我，岂独伤心是小青？"这个男孩从作者借给他的一本书里看到了自己。他明白了自己的处境：从芜湖的小村里跑出来，投奔做厨师的舅舅，舅舅也只够糊口，将他送到一座荒岛上。这座被群山和大水阻隔的荒岛有个好听的名字：孔雀岛。

男孩决定改变。他求告过路船家，要来蔬菜的种子。他开辟出一块空地，那是他的菜园，也是他的小小乌托邦。一个雨夜，为了菜地里的新芽不被摧毁，他竟然把自己的被褥高悬于树木之上，"而他自己，和新芽们坐在一起，放声歌唱。"这是困顿里的现实，却让人发狂。

在《每次醒来，你都不在》里，军人家庭出身的老路，初中毕业后参军，参加战争，战场归来，当过工人，结婚，生子，下岗，离婚，身无分文又回到父母屋檐下，靠打零工过活。有一阵当油漆工，爱在工地围墙上涂涂画画。有一天作者看到这八个字：每次醒来，你都不在。以为是对某个女人的表白。一次小酒馆里提及，这个一直沉默的男人突然号啕大哭，说那八个字是写给儿子的。儿子被前妻带到成都，出了车祸死了。

人在自己不能控制的命运面前该如何自处，又该如何与命运相处？以前我会在文字里援引泰戈尔的诗："世界以痛吻我，要我回报以歌。"读李修文写下的这些人和命运，一时茫然无语。在命运里的人啊，要抬起多少次头，才能望见蓝天？要睁开多少双眼，才能洞悉这全部的白昼和黑夜？好吧，如果痛哭是天理，哀戚是命运，为什么不可以歌唱和微笑？

李修文的山河故事，似乎都要发生在一场雨夜里，有时是雷暴雨，有时滂沱大雨并闪电，有时冻雨，有时暴风急雨……奔涌，激烈，闪电和雨水，狂野和奇异，在夜幕里铺天盖地。命运般的他或他们，就在这雨水里怨艾和狂奔。童年的一幕幕被蒙骗被斥责，继而被当作笑柄重现。雨水如果能够清洗一个人的创伤，那么就不断地奔跑吧！马尔克斯说："如果每个人从出生到去世都可以只做自己喜欢的事——这就是幸福的秘诀。"世界何其大,就算命如蝼蚁,终归有你的一方花草河山。

读孙郁在《人民日报》谈"我的文学观"一文,有启发。这个栏目亦开得好。文心,亦是今日文学教育、文学创作、文学理论、文学批评需要珍重的初心。"只有不忘初心,方能继续前行。"文心亦是人心。

孙郁在谈及文学教育时说到"文章之道":"我们现在的教育不太讲文章学,其实好的学者与好的作家都应该通文章之道的。"他提及孙犁、汪曾祺、阿城等,这些作家既懂词章的深灵远意,又不乏文体意识和诗文表述的潜质。又言及司马迁、杜甫、苏轼、曹雪芹、林则徐……乃至鲁迅、钱锺书、穆旦等,忧世传统、探索和新见、大爱精神和批判意识,"文学教育说到底是对于想象力与智性的培养,它不是框子里的说教,而是对于陌生的存在的发现和探究,是对于自我感知阈限的跨越。庄子的逍遥之游与杜甫的沉郁悲慨之气,以及'五四'新文人的启蒙、救亡之音都可谓我们灵魂的前导。"

深以为然。我们读书确是为了"内面的世界与外面的世界的互感,诗外功夫与诗内功夫的融合"。

◇ 林中路 ◇

可是生活,

难道不就是在重建中变动不居吗?

哪里有一成不变的生活。

——题记

然而我的悲哀是一种宽慰

因为它自然,正确

它是充满灵魂的东西,

无论它何时思考,它都是存在的

——【葡萄牙】佩索阿

一

这一天，就这么来了。

作为一道前奏，她听到了窗外的鸟声。很多的鸟啁啾不停。她只认识乌鸫的莺转流丽，像个歌唱家。对，在一次太仓图书馆的讲座上，她甚至用PPT做了一些图片，跟孩子们讲怎么辨认雌乌鸫和雄乌鸫，它们的毛色习性以及百灵鸟一样的叫声。她那时还想着要去翻一本书《鸟类的天赋》——"我们经常忘记钥匙在哪里，乌鸦却能记住五千个贮藏食物的地点"，亮蓝封腰上，这话很先声夺人。她将书移到办公室案头，可是，什么时候更多的案头书把它给淹没了呢？

因为只认识一种鸟，所有的鸟声都成了乌鸫。

现在，她的白天和黑夜完全是两个世界。白天动荡和不确定，连她自己都不知道她该怎样去面对突如其来的繁冗杂芜,她本可以视而不见,或者挑一两样突出的线头修修剪剪,一直来她就是这么化繁为简的。可是现在,她疲于应付,总有莫名其妙的幺蛾子事在她下班前突然降临,扑了这只又出来那只,她自己都快成可怜的蛾子了,越使力越受困,越受困越要挣脱。

黑夜才是那个她熟悉的自己。但是眼下,她不得不在两个世界里摆荡,脆弱心脏禁不起急上急下的冲击,恶劣情绪甚至带到了家里。晚上睡不好觉,头疼胸闷心慌,早上起来天地旋转,脑袋里的怪东西轰轰然炸响。她闭上眼,循着一个尚能忍受的角度慢慢趴下,天地混沌无明。

正是在太仓图书馆的那个讲座上,后排有个大男孩问:"写作对你来说意味着什么?"她脱口答:"那是我的命运。"虽然那时她不假思索,可终究,她仍然是不确信的,她写得那么少,时间早被瓜分,写作理所当然被挤压成了她生活里的"零余"。

如果不写也是一种写，好吧，那才是她的命运。在结束讲座回上海的路上，先生开的车，她往窗外看去，倏尔又遇见一只乌鸦，那只黑鸟不惧怕车辆和行人，一点一顿地在香樟林的辅道上款步觅食，水晶豆眼痴痴望向她——她是这么接收的，甚而她还感知到了乌鸦投来的问候："嗨，我认得你，陌生人……"她挤出一丝叹息，耳边划过车轮碾压水泥路面的沙沙声，林子里鸟语欢腾。唉，要是可以，她多么乐意化身为它们的同类……

而今，这个前奏来了。二十四楼的窗外，也是一片啁啾不停的鸟声。她眼前拂过那片绿意，她看到那条林中路了。

二

人人蒙着口罩，体温枪对准脑门，手机登录随申码，这是通向唯一玻璃门的第一道关。住院部的大堂内，一长列桌子严阵以待，警示栏围成一个封闭区域，进口专人把守。长条桌前坐着三五个值班护士接受询问，"你干什么？""看三楼四床的。""先登记——等等，三楼四床刚有人上去，你不能上了。""啊，我大老远赶来的……""不行，疫情期规定，探病只能上一人。"

她悸动不定的胸膛需要尽快住院，偏挤在这个危险当口。医护人员紧缺，随时待命驰援武汉。医生撤离，很多住院病人不得不回家治疗。联系的多家医院都是疫情期的特殊规定，眼前这家是心胸专科医院，好歹还有医生和床位。以为只有三人床和两人床，"你们自己选吧"，那个带她看病房的护士是这么说的。那就两人床吧。她跟着护士进病房，逼仄昏晦，其实是一个大统间，用护墙板一挡，分割成两间各俩床位。卫生间里还吊挂着哪个护工晾晒的内衣裤袜，寒素凄楚。紧靠护墙板安置了两个单人皮沙发，她只想稍作喘息，未及躬身，又不得不立定——皮面上沾着怎么都擦洗不净的可疑污渍。转身向窗台，一堆裸露着的电线电缆攀附在墙面和空调机箱上，纱窗帘子脏得不能碰……她虚飘的心又被提到嗓子眼。医师跟着进来了，虽口罩蒙面，神情语音还是一个年轻小医生。后面尾随一个男医生，也是一样的青涩，他们简直是披挂上阵的实习生！

问了一堆问题后让她躺下检查。艰难躺了，女医生一些基础的听音、摸和压，起坐后男医生问：对什么药物过敏？以前看过吗？吃什么药？女医生紧追：有小孩吗？是上海本地人？——她不得不站起来，拿起放在床头的围巾把它卷成一个结。两个小医生终于走了。"不行，这里不能住，我头疼得厉害。噢，好像还有臭味……"循迹往门外，两步远，竟是一个污水处理池。

她头皮发麻，紧着的神经几近崩溃，一个趔趄，先生接住。"你坐这里等等，我很快回来！"各种不适和难受排山倒海,这哪里是住院治疗的地方,不如回家自救吧!等先生的分分秒秒,她陷入无望深渊。

虚空里响起一声唤:我们不住这里,楼上有单人间,VIP病房,刚好还有……

现在,这个惨白锃亮的空间她是安全的。

背了二十四小时的动态心电图监测仪刚拆下,在报告还没出来前,她放任自己做各种揣想,心律失常?房颤?早搏?心肌病变?

一个心脏有问题的人,为什么还丢不开工作?

这会儿,在这个可以独处的单人病房内,所有的心结都化了。她突然感到一阵轻松,套在她身上的那副枷锁是她自己一点一点加上去的,她不能怪罪别人。时间就是那把枷锁上的扣,年复年,环环相扣,以至交相缠结,再也捋不清解不开。

是时候打碎它了。她放下护床栏,从床上下

来，慢慢在房间里走动，躺得太久，双腿绵软无力。她不想去外面，不想打开房门，她在这三寸之地来回兜圈子。走廊里总有声音，脚步声，轮椅声，护工阿姨直着嗓子的说话声，开关门声，配餐室热饭菜的碗盘声，微波炉的叮咚声，护士站时不时窜出的电话铃声，洗刷声，敲门声，医生查房的问话声，电梯门上下的起落声，这会儿，还有阵阵微信提示声……她靠向朝北的窗外，正是她来时医院住院部的停车场，另一重被阻隔在外的嘈杂。此刻她陷溺在各种声音裹挟着的静里，不想见人，不想工作，不想任何形式的探访或会面。

"我想，在意识深处造成我与他人生活格格不入的东西，是这样的事实：绝大多数的人用感觉来思考，而我却用思考来感觉。"佩索阿这话鼓舞了她，原来此刻这世上，她是有同道的，她并非孤独无依。

"我从不探访病中的朋友。无论什么时候我在病中被什么人探访，我都感到这每一次探访都是对我自己选择的隐私，构成了一种不方便的、搅扰的、无理的侵犯。"这一刻，她觉得她住进了佩索阿的灵魂里，她所有的思虑，病房里的种种念头都被那颗老灵魂给洞穿了。

可是她又不得不把自己的病情以最精要的方式发给单位。不能这样不言不语地离开工作岗位，不做任何形式的交代托付，总得要告知到托付的人，请他们代劳。还有每周例会，必要的签字，也都不管不顾吗？她感到心累，那副枷锁又压上身了，片刻的轻松轰然瓦解——不让人来探访，又要告知到人，她觉得她是连选择隐私的权利都没有，她这是左脸打右脸。

每隔一小时护士来巡房。输液，抽血，量血压，测体温，她一直昏睡着，潜意识里有个皮套子夹住了她食指，她动了动，一个褐色迷你订书钉夹在她手指上，"测血浓度的，不痛。"护士看她莫名紧张轻言告知。于是又躺下，朦胧间，一个穿深蓝护工衣的阿姨在床前唤她："来，妹妹，我们去诊疗室。"她只能爬起来，下床，穿鞋，由着阿姨搀扶出房门。进电梯下楼时她一阵不安的难受，狭小空间内就她俩，虽蒙着口罩，但这阿姨简直可做她阿婆了，个子和她差不多，却精瘦有力，搀她的那只手扣住她臂膀，整个身子失去平衡般被架护着，啊，论年龄，该她照顾她才对……

下水道的臭味折腾了一晚上，拉上卫生间铝合金玻璃移门还是有条缝，推开半扇北窗权当通气，冷热风交替，正对北窗的壁挂式空调轰隆隆作响。床也开始不舒服，白天为斜躺看书调整过升降，晚上睡不着搁得腰背酸疼，怎么调都到不了舒适的平整度。

下床绕圈走，已是深夜了。浑身难受，两天没洗澡，打针输液，又测动态心电、各项指标检测，只能将就着简单梳洗。连病号服也不敢穿,护士送来了两套,叠放在沙发上,灰蓝条纹棉布洗旧了,大得可以装下两个她。行"更衣"之事真艰难,强迫症加上新冠疫情的突袭,搅得她看哪里都是病菌,左右无措之际只能选择马步蹲。终究是不舒服。她拿起手机,后半夜三点四十三分,又是这个时间,昨夜也是在同一时间醒的。索性把被子挪到沙发上半躺,皮沙发虽松软,对她来说又太冷了。如此折腾到凌晨,昏昏然坐起。巡房护士换过几轮了,她顾不得她们猫一样的例行探房,卷了被子往铁床上躺去。

昏沉之际,她进入一个梦,梦见自己化身成了那只黑乌鸫,落在一棵大雪松上。她身处的这片林子灌木树林密布,尤其是松树樟树榆树,一概深阔伟岸,长在那里千年万年的样子,繁密枝桠大天伞般冲天擎起,天空被遮挡得严严实实。借着月光,灌丛间隐约显出一条道,三只灰狸猫在追逐打闹,忽而没入灌丛。万籁之际,几只松鼠刺溜蹿将出来,它们在壮硕树干和树冠上、电缆电线和屋顶上来回跳跃,如履平地。步道邻水的一侧,苍茫天空透出片片鱼肚白——啊,晨曦将近,她起码窥探到了三条林中路——灌木丛生的猫路,树冠引导的松鼠路,铺着塑胶跑道的散步路,哪一条都有它的走向,就跟森林里的树号一样……

所有的路都将小径分岔,也会经历一些意外或迷失,倘若一条道走到黑,很难说不会陷入四顾苍莽的窘境,灌丛里的猫路和树冠上的松鼠路给了她视觉上的豁然……哦,是乌鸦唤醒了她!

三

现在,她进入了澄明之境。

重生般,她又回到了自己的家。医院留在她脑海里的记忆,是惨白的冷兵器和监护院,而它的每一条宣判竟都是人道主义的——这人道主义的宣判分明是一道命运的符咒，终将如影随形。

好吧，魔鬼来敲门了。如今她是一个心脏有问题的人，睡眠有障碍的人，受不了各种刺激和惊怕的人。医生的告诫：不生气，不动气，调养生息，适当活动，定期心内科门诊随诊，定期复查心电图、心超、心肌标志物、血生化指标，调整用药……免费奉送一堆的禁忌和须知。

多么哀叹啊，"世界上所有的麻烦来源于我们彼此折磨，无论行善，还是作恶。对于我们来说，灵魂、天空、大地就已经足够了。想要获取更多，只会失去它，并变得不幸。"她想要写下的，佩索阿都替她说了。

她戴上口罩出门去全家买盒饭。阳光出奇的暖和亮。李子树绽出了星星点点的白色小碎花。红茶花开过头，一股自暴自弃的邋遢相，奇怪的是这种茶树生命力还特别旺盛，挤挤挨挨，满枝满叶，一地触目惊心的嫣红深锈。几个大叔大妈立在暖阳下聊天，蒙着口罩也兴致盎然。天竺子一串串鲜亮的红真好看。她想起来，今天刚好惊蛰。春光暖融融的，真迷人啊。她在脑海里闪过丢在一边的工作，这本该是她最忙碌的时刻。可是、现在，她把它丢一边了，她试图丢开的，不尽是职责，还有一颗脆弱心脏包裹着的怯懦灵魂。

她是什么时候身陷泥淖的？每天，她挣扎着把自己从床上叫醒。起床后不是刷牙洗脸梳洗，她的第一件事是整理房间。她和先生的房间，女儿的房间，女儿洒落在客厅桌台、沙发和洗漱间零零乱乱的一切。她神经质地想要扫清她眼里的障碍物，等收拾干净，恢复如初，她定下神来打量她的战绩，噢，终于又回到井井有条的生活。

或许每个主妇都是这样的吧。可日复一日的必需而又单调的生活也淹没了她。收拾完一切，她去另一个战场。每天她所花的时间其实更多在单位，那幢高楼大厦里的一层办公区。每天她跨进大楼，刷卡，摁电梯，直上她高高在上的那一层，再刷卡推门，点亮一排灯，熟悉的书报杂志堆放的办公室气味扑向她，那是她的安慰也是她的重负。她以为在这个房间里的意义足以抵消生活的平庸，然而，意义并不曾消解平庸。

名义上，她是这家单位的负责人，一份报纸的主编。在她二十五年的职业生涯里，从来不曾有过挥斥方遒指点江山的中心感——这和她所从事的职业有关，文学向来在寂寞的边上，真正的文学也从不瞎凑热闹，她的这份和文学交道的编辑工作自然养成了她与世无争的柔软性情。也难说是文学的养成，她就是那样的人，不喜欢中心，不爱扎堆热闹，交甚少的朋友，更是拙言少语。她和中心隔着大江大海的距离，泯然也安然于众人。可是、现在，时间将她推上了这个所谓的 C 位，她不得不跌跌撞撞往前冲。

好在,她还是喜欢这份职业的。二十五年的时间也促成了她和它命运般的友情。她非科班出身,也天资平平,和文学的交集完全是误打误撞。那个时候刚出校门的她也悄悄写诗,豆腐干文章在报纸一角,正是这份无畏无惧和纯粹执念裹挟了她,鼓舞着她向她寄情日深的文学相伴相走不离不弃——这话有破绽,也可能一厢情愿了,文学仅仅只是她头顶的天空和星辰,而她也依旧是天空星辰下的一粒微尘。她们之间,尘归尘,土归土,并没有无间到失了分寸。而她也不是没有意识到,当她向天空星辰发出召唤,文学所给予她的,远远大过她所付出的——她所有的时间和感情。

问题是,她并非孤单一人,她有孩子有家庭,她没有生活在真空里。在她做"形而上"思考的时刻,她竟然忘了煮饭——在客厅里上了一上午网课的女儿推门进来问:"妈妈,我们中午吃什么?"那个傻乎乎的她脱口而出:"怎么,到午饭时间了?"她以为她建立了一个自由王国,她把自己安放在这个王国里就可以全无挂碍了……女儿看着她,她只能和女儿一起哂笑自己:憨憨妈。

四

你,今年四十几啦?别装傻,说的就是你。

哈,我啊,我今年……四十九。不过,按我爸的算法,我该五十一,小时候他就是这么硬生生替我虚添年龄的,明明才满周岁,他说虚岁两岁。嘿,所以我一直算不好我的年龄,条件反射,人家问我几岁,不知道要不要虚报两年……

啊,你可真逗,虚岁周岁那是小孩子刚出生时的算法,轮不上你这岁数。

我这岁数怎么了?

哎,你说怎么了?

不就是尴尬大妈的年龄吗?准退休大妈。

哦,还真有自知之明……都五十一、四十九啦,别瞎折腾,不就是工作嘛,较真儿个啥。

我也没较啥真。

那就不动气,尽是些不值当的人不值当的事。你向我老哥学习,嘻嘻哈哈出门,嘻嘻哈哈进门。

你也不老……

我没说自己老。

哦,大叔都不承认自己老。

别不承认,也别矫情,你有一个幸福的家,你是被宠坏的孩子。先生宠你,女儿宠你,你是在父女联盟的纵容下不食人间烟火的。从你结婚到现在,你有正经烧过一顿饭吗?你惦记过家里的柴米油盐事吗?从来都是饭菜端上桌了请你来吃。你完全不用操心家里的一切,买房,装修,生孩子——等等,除了生孩子这一项咱不能把你撇开哈,你当真是秀才啊。

行啊,生锈的锈,朽木的朽……

别油嘴滑舌。

哎,你说的都对。你最伟大,你是我们家的超级英雄。

想跟我 battle 啊。

嘿,我不 battle,我沟通。

你把你那嘻哈的心用在工作上不挺好吗。

……

"爸爸,我要跟你投诉,我上午网课都上完了,妈妈都没煮上饭。"

"是嘛,才家里蹲一天就忘了给女儿煮饭。"

"就是就是,妈妈居然还问我:怎么,米还没淘上去?简直要把我逼疯了。"

"……要么明天我出门前淘好米预约上吧,看来你指望不上你妈了。"

"哼,还不如我一个人在家,我一个人还自己做蛋炒饭。"

"那你明天也做给我吃……"

一躺到床上她就如入无人之境,脑袋里的马达轰隆隆转起,各种意念搅和在一起像是排演情景剧,又走马灯般模糊了场景角色。我中有你,你中有我,都是她小说里的人物。只这小说还仅仅是她脑袋里的一个念头——有什么关系,所有的念头不都是在冒出来以后被捉住的?她安慰自己,不急,慢慢长吧,终有一天它会长成的。

可是,如果现实比小说还要糟糕,她究竟是做谦卑的抄写员还是假想一个世外桃源?如果现实已经足够糟糕,她又为什么还要在小说里制造一个暴君,为什么还要忍受跳梁小丑的诸般发难和荒唐行径?

我是她喜欢的那个我,愿意成为的那个我。那个我,早在她童年里就已经种下了……她转了个身,用意念挥了挥手,企图撇开那个糟糕的现实。

以她弱不禁风的体质,她是很惮于气势汹汹气急败坏气焰嚣张的场合的。最好的办法是敬而远之。可免不了的,人总要经历这样的时刻。这会儿,她身处其中,耳边是一迭声的嚷嚷,这嚷嚷是冲着一屋子的人的:你们都跟我叫累死了累死了,那么,累死了吗?没有嘛!一个个都还好好的,要不然,你们真去死啊,死了,一了百了……

她突然偏头疼,脑袋虚空茫然。她感受到了侵犯。但是她得硬起心来,她理解说话人的心情,也替发泄者难过。虽然此刻,在一团默然压抑着的虚空里,她无力也无法承担什么,可是,她真想做点什么……

死,是那么容易;生却是艰难的。可在那一刻,她又觉得苟活的人太多了,而好死却是那么难,那么难。"而今我五十六岁,我对一切说'不'。

重新找到这股开始就有的骨气,我竟用了半个多世纪。这股说'不'的力量。"在她翻读的书中,这个海地作家的呼喊击中了她。而今,她就要抵近五十。是啊,说"不",和好死一样的难。乃至于,在时间面前她和芸芸众生们一样都是落后分子,都在拖自己的后腿。

五

现在,她在阳台上有了一方书桌。女儿在客厅里上网课。两个人各据一案。本来她是不需要再多一张书桌的,客厅也是她的书房。她越来越依赖和家人在一起的时光,不喜欢一个人呆着。她也不得不每个白天把身体和心灵安顿在单位的办公桌前。似乎总在忙碌,也不知究竟有多少事真需要她去操心,就是不能读书和写作,她为此苦恼,于是每到岁尾就在心里一遍遍发愿,希望有多一点的时间给自己，可是照旧，属于自己的时间大咧咧地流走了。她端着的碗里所剩无几，她小心翼翼捧着，生怕一个趔趄把珍贵稀罕的时间之水给洒了。

这会儿，她倒是可以从从容容安放自己了，身体已发出信号，要休息，要调养。她顺从了身体给出的警告，起码眼下，她得放下一切。

她想要一个书桌，阳台上量好了尺寸，网上下单时特意挑了一款加厚木板型。快递小哥打来电话，她和先生两人根本搬不动，先生找人帮忙，就在电梯口拆解了纸板壳子，两个人一步一挪移到阳台组装。两条白色碳钢桌腿，一块超厚浅胡桃色实木板，没有电动钻，靠双手把螺丝拧进桌腿和案板的孔眼就算万事大吉。以为容易，二十个孔眼拧进一半已是大汗淋漓喘息不停。这还是先生为主，她在后面"捡漏"——螺丝已固定好了位置，她顺势补上最后一程。待书桌抬起搬正，嗯，她很满意，这正是她想要的朴拙和笨重。摩挲桌面，恍然看到了以后的日子,这叫她安心。

洗手时才意识到右手中指的皮破了,无名指起了水泡,水的冲击下异常刺痛。怎么拧了几个螺丝,抬几下书桌就如此不堪了?先生哂笑:汝不做体力活久矣。

这会儿,她把自己安放在阳台里。窗外鸟语铺天。对鸟来说,二十四楼是树的云端,那么她看树,大抵也是俯瞰丛林。眼目所及,是大片西郊宾馆的深浓和新绿,几排斜坡红瓦顶隐在层层叠叠的绿里煞是好看。朝向更深的远处,一抹佘山灰濛的剪影。

她放任自己遥想的时候,中考生的女儿在客厅里上网课,七点半就起来了,比她辛苦比她累。中午和晚上还要应付大堆功课。中考生的大堆功课是刷题默写背诵整理笔记,比她当年高考时还累。她总在起夜时见女儿弓着背挑灯夜战。多少时间了,从寒假到春天的三月,因为一场病毒席卷,孩子没跨出过家门一步……

她真怜惜她。还能要求什么呢?她甚至每晚劝女儿洗澡刷牙睡觉,"可是功课怎么办呢?明天要交的……"孩子苦着一张脸,头发脏得都起腻了,镇日熬夜的脸这里那里的总有痘痘跟她对抗。她实在看不下去,却又无能为力。唉,这哪里是她想要的生活……沮丧的是,我们都活在想要的生活之外。

终于课间休息了,就几分钟的时间。

"妹妹,休息一下。"她抓紧提醒。

"嗯。"女儿已趴到了沙发上,拿起手机。

"妹妹,吃点什么?"

"不吃。"

"给你泡杯柠檬茶吧。"

"不要。"

"削一个苹果?"

"不。"

"什么都不吃吗?"

"我是一只呆头鹅——咕——咕——咕——"伸了个懒腰,再次扑向沙发。

这片刻的放空是她最愿意看到的。她希望分针秒针都能走慢一点、再慢一点——希望还在念头中,下一课的老师发出声音了,"四十五个同学,自报人数,二班……一班、三班、四班……"哦,看来是一节大课。

"怎么,你不上课吗?"她见女儿还在沙发上刷手机。

"是体育课。"

"那你也起来动动——要不一起做做操吧!"女儿自小哮喘,初中阶段也申请了体育免修。

"给爷爪巴——"女儿向她甩甩手。

"爪巴是爬吗?"她自动切换呆傻频道。

"爪巴，爪巴！"女儿干脆捏起手机溜进卫生间……

这是她和女儿的寻常一幕，旁人看了怕是要来气，她早就气不动了。朝夕相处，女儿更像是她的虎妈和小兽，她跟着呆傻萌——呆萌是装的，傻是真傻。唉，她以为她是在给女儿抗压，实则不过，仅仅是为开解自己。

六

随手打开一本书，两个同性作家在谈论友谊。"友谊是透明的。"它不像爱情和政治，"永远都是表里不一，而友谊不同，总是表里如一。"库切在信里对保罗·奥斯特说。然而此时此刻，她更想和自己保持一段友谊。

十三岁的犹太少女安妮·弗兰克二战时隐匿在荷兰阿姆斯特丹父亲单位大楼的地下密室里两年零

一个月，她和她虚拟的日记女孩基蒂成了无话不谈的朋友。她们的友谊始终表里如一，基蒂给了安妮多少信念和安慰，这一段友谊不比两个世界级文学大师的友谊稀薄，同样是两颗伟大灵魂的碰撞。因为太喜欢这个犹太少女了，她甚而请她在小说里灵魂复活，十三岁的安妮和十岁的中国女孩老圣恩有了一段跨越时空的友谊——超越语言和物质、幻想与现实，乃至生和死，确然是灵魂和灵魂间的长情对话。

好吧，她该承认，似乎她也更在意同性之间的友谊。就像保罗对库切坦承的。这是个好话题。她脑海里漫出那样一些女孩和女孩间的心意相通心领神会。她们都是她笔下的人物，存在过，也生活过。她跟着她们朝夕相处了一段日子，投入了自己的感情，可是，叫人伤感的是，她终将和她们渐行渐远。那消失的和走散的，都生长在了纷纭的时间里。

友谊会被怀疑和灼伤吗？太会了。那样还算不算表里如一的友谊？她困惑于此，仿佛陷入一个圈套——友谊不该用来考验。两颗心倘使能够拥有一段惺惺相惜的缘分，原本就跟买彩票一样碰的是运气。所以，"友谊是透明的"，透明也是有保鲜期的啊。

七

每一天，每一个起来的早晨，她都期待有一个新人生。至于这"新人生"是什么，她实在也茫然。在她不出声地走来走去清理房间时，照例，她听到了数学老师在点女儿的名，昨晚布置的功课没交。老师让她开麦，责问为什么不交作业？女儿不作声。等不到回应，年轻的女老师言辞激烈，说你这个样子是不是又要让我去跟你的父母谈？……还是沉默。网课得持续，老师跳过她接着点名，几个男生,也有女生,终究都诺诺的给了原因——"没来得及。""没发送成功。""提交了,你也批了……""哦,那是我忘了勾了。"女老师爽然回应。

诸如此类的点名问责,每天她都要被动地听上几回,她祈祷不要出现女儿名,可祈祷总是失灵,她动静很大地使力收拾,家具们很无辜地受着伤害,女儿并不领情,戴着耳机根本就浑然不觉,那个早起的"新人生"的念头就像是一个顶在她头上的惊叹号,够嘲讽人的。唉,这虚妄的新人生!倘使这新人生还有个盼头,那么她脑海里只有一个念头:解救自己。不是吗,解救自己就是解救他人。这一刻,她就是这么想的。

书读累了,起身活动手脚。左肩膀撕裂般阵阵剧痛,肌肉僵硬不得舒展。这个被指为"五十肩"的手臂认命般往上抬了抬,很快缩回偃旗息鼓。牵连着肩颈和背,每晚上都要作弄她一番,洗澡麻烦，穿衣麻烦，如今睡觉也成了问题，翻身侧睡稍不留神就压痛臂膀，睡梦中疼到龇牙咧嘴……

这些变化是怎么来的？每晚上，当她被各种疼痛不适折腾得不能安眠时，她坐起来，颓然发呆，她想不明白这每一天每一夜的艰难是怎样一点一滴加诸到她身上的？时间谜一样，整体清晰，局部混沌，抽身回望，脑袋里潜伏着一个个念头，她是多么想念那个奔跑在山冈树林间、小小身体里盛满阳光和植物汁液的小女孩啊。

女儿在客厅里上网课，这会儿是考试时间，她不想进出搅扰，索性"闭关"安坐。放下书点开手机，好光阴啊，一下午就这么溜走了，阳台斜射夕光慢慢褪去，鸟声喧天。她随手翻开一本诗集：

春天迟来的太阳

升得越来越高，

照亮了屋顶的瓦片，

温热了松林。

树叶遮掩不了的枝干
形成棕红的迷烟,
夜莺拍打翅膀在歌唱,
全身洒满斜射的阳光。

此刻,多么自然啊:
复诵简洁、慢速的句子。
这小小的造物非常准确地
为我们专业地歌唱。

哦,心灵所钟爱的欺骗,
天真岁月的迷失!
当林中空地泛起一片翠绿,
我再也无法离开你。

我像古老的哥白尼，推翻

地心说的是星辰之歌，

在他的基础上，发现的

唯有树叶簌簌和翅膀的音乐。

一首《暮春》。她合上诗集，扎博洛茨基的《时间》，立在书架已久，来自远方女友的相赠，此刻呼应般的对上了她的灵魂。

八

这个世界可以以恶制恶吗？她在脑海里问自己。盘旋了一秒，断然摇头。即便是毁灭，她也不想、不愿以玉石俱焚的方式。她是一个怯懦的人，不得不在聚光灯的场合，也是微弱地发声。多数情况下她泯然于众人，很乐意默默不语，熟悉她的朋友黯然叹息："太没有气场……"她回一个微笑，发自真心。

可是当恶以权威面目降临时，该怎么接招？明明是没事找事，却要以理所当然的意志胁迫你——恶并不直接露面，却被粉饰成了"你必须做出解释"的冠冕堂皇，她为此郁郁。她心思简单，不懂权术，这二十多年间一直在一个单位待着，她曾经的前后同事流水的兵一样进进出出，唯她按兵不动，一根筋地画地为牢。她很甘于做一个小人物，也只能是一个小人物。

而今，仿佛一脚踩进前辈们的历史，那些"历史"在她仅仅是纸上云烟，可是情同此心，她还是闻到了旧时代的气息，那一个个动荡、算计、扭曲、异化着的人和人疏离的那些个"昨日"。没有什么是不可能的，这个世界，善恶共存，"昨天仍在解释着今天"。

下午两点的太阳晒得她脑袋发懵。再过一天就是春分了，天突然热起来，小区里的酢浆草、蛇莓、海桐、十大功劳疯长，蜜蜂蝴蝶飞蠓活跃在灌丛间嗡嗡嗡乱窜。她有气无力过马路，在疫情还未解除前人人都活得提心吊胆，她把自己蒙在口罩里热得汗水涔涔。她去超市买便当。这些日子，她和女儿的午餐就是这么对付的，省了折腾，下楼买饭，顺便也散了心。

如果身体受病痛袭扰，人们会第一时间去医院，虽是钱买来的服务，她仍心怀感恩。那么灵魂呢？倘若灵魂无辜遭到曲解和折辱，我们该仰赖哪一类医生？

没有谁能解救你，除了你自己。她仿佛听到凛然的回声。整体上，她明白人生的这种种难，可是终究，她还是惘然和困惑。

九

"你以为那个故乡在等着你吗？它早就脱胎换

骨,你的故乡已经不是你的故乡,你的故乡在城市,你该写写你的城市……"

在一座簇新的老宅子里,姐泡着老白茶悠悠地跟她说话。老宅子的油漆还未散尽,五开间坐北朝南楼上楼下,后面兜一个院子,除了抱柱石,看不到一颗钉子,全然是古老的榫卯构造。隔着茶台,她端起一盏退了烧的老白茶,就着窗外扑面的好春光一饮而尽。

她的故乡已经不是她的故乡,多么像这座老宅子,它有名有姓有烟云的历史——这幢被称作杨宅的老屋,在家乡史志里是一截传奇。"这房子连同东壁厢的祖屋都是被平移过来的。"喝透了茶,姐提了一串钥匙下楼往东厢房领她参观,那里展示着丝网版画。姐负责着家乡的文体事业,她是小镇文体所所长。丝网版画是家乡的非物质文化遗产。这座老宅如今暂作版画美术馆用。

祖屋也簇新,连着东西厢房围成一个宽天井。

她对"平移"生出错觉,也许叫原样复制更合理。新是新,却也看到了旧。深红老木是新的,飞檐马头墙是新的,镂空地砖下荒长出来的蒲公英野蓟草是新的,屋檐下的瓦当却是旧的,抱柱石是旧的,"从老屋拆卸解救出来的柱石瓦当全在这儿了",同姐一道陪她参观的张画家说。张画家的年龄长她两轮,吃过的盐走过的桥比她多。对,老宅门外刚好就有一顶石拱桥,隔几丈还有一顶,从元末明初起就横跨南北两岸。连桥也姓杨,东杨家桥,西杨家桥。张画家熟稔小镇历史,"远可追溯到明嘉靖二十三年,你看西杨家桥边上还有一座招鹤台",顺着他手指的方向,不用打眼远望,一座六角还是八角的亭子鹤立翼然——连它也是新的。"旧的早侵蚀坍塌,多少年代的亭子啦,哪能存这么久。"张画家不以为然。

她真像个追求真理的小学生。小时候守在黑白电视机前,她就是这么不厌其烦问大人的,"他是好人还是坏人？""这是真的还是假的？"……眼前此刻，除了那两跨石拱桥是真的，其他都是假的，原样复制的老宅、重建的招鹤台、不久的将来在招鹤台旁重现的杨园，所有能成为历史的遗存，都是可以复制的。无为有处有还无，假作真时真亦假，较真什么呢。

回来后她翻书，那个"明嘉靖二十三年"考中进士的兵科给事杨允绳，如果不上疏阁部大臣受贿而得罪严嵩，不弹劾光禄寺丞胡膏贪鄙不法，会不会免遭诬陷，不致引颈就刑？那么他27岁的儿子杨应祈也不致在儿子才满月就赶赴京城，四处疏财求助，入狱与父亲诀别，以孝子之名绝食而死……襁褓中连失祖和父的杨忠裕会长成什么样的人？即便后来有穆宗即位的"沉冤昭雪"和"承袭皇恩"，一颗幼小的心灵种下了不幸。长大后，杨忠裕在自家园子里垒土筑台，造了一座亭子，题名"招鹤台"。招什么鹤呢？他定是想起了同乡先贤、一千两百多年前的文学家陆机，陆机因卷入"八王之乱"政治漩涡身死洛阳。临死前，他掷笔一呼："华亭鹤唳，岂可复闻乎？"隔着时空的余响，一千两百多年后，同乡杨氏父子冤死京城，悲剧重演……历史总是惊人地经历着耦合，命运的偶然性里注定是必然。

春光依旧好，然而她却被逼得无路可走。一条条信息追加过来，即刻化成雪亮大棒，金属的芒刺瞬间灼伤了眼，一根根大棒齐刷刷压将过来，她缩缩缩，缩成一粒围棋子。一阵惊怕，哇地叫出声来，竟是一场午后梦魇。

她汗水淋漓从沙发上坐起，反扣的书掉地上，手机一直在闪，热好的汤药又凉了。她起身又烧了一壶水。这一疗程的药苦得翻江倒海。拿起手机，信息已满屏——那个梦魇原来是真的。所有我们脑袋里的惊怕焦虑烦恼，都会在潜意识里释放，甚或说，预演一遍。

她问自己：你究竟想选择什么样的人生？对，选择，有选择就有冒犯。不是冒犯自己，就是冒犯他人。同乡杨允绳当年选择了自我的安放与正义，随即遭致诬陷，关进大牢，以命相抵。

"谁能如愿以偿？——此问伤心难言，命运不得不装聋作哑……但请唱起新的歌曲，别再垂首而沮丧：因为大地还会把他们生出，正如它历来所生一样。"歌德在诗剧里的吟唱是文学里的诗篇，像她那样的人，一次次活在他人的命运里，而当有一天，她自己也面临命运的抉择时，竟束手无策，她并不比他人高明，文学里的人生指导不了她。终究，与魔鬼的较量要她自己来解决。

这么说吧，文学之于她，是唯一的才能和可能。如果没有文学，她大概只能是一个彻彻底底的无能者。凭力气，她干不过一个扫地阿姨；凭技能，她简直一无是处，不会做菜不会算账不辨东西南北，晚上在家门前也会迷失，更换一张银行卡都会晕头转向，开口饭当然更不行，什么抖音直播UP主都跟她无缘……实在，她既不能拼体力，又生活能力低下，离开了文学，她什么都不是。

在一个访谈里，她看到李洱一声叹："在我们的生活哲学中，在我们的民间智慧中，有一句话，叫'宁愿得罪君子也不得罪小人'。君子的道路为什么越走越难，就是这个原因。"君子，或者一旦自视为君子，隐忍慎独自爱是必然的，小人是不管不顾的，擅长黑白颠倒无中生有，君子怎么办呢？不愿从恶如流，那么也只有忍下，避而远之。

"喝松针治猪咬"，这是一个中医偏方。先生跟她说起的时候，她只觉荒诞不经。

一笑而过的事情却当真发生了。当然是猪一样的人来咬，又隐身不出，以规矩和制度来压制你。"这都什么事儿，荒唐！"她丢下书，生起气来，

"以正义之名，行不正义之实，什么人啊……"

"不就是猪嘛，"先生哂笑，"喝松针。"

怔忡间，她拿起先生的医学书看，还真有偏方——不是松针，是松香。

猪咬伤，【来源】《验方新编》。

【处方】松香。

【用法】将松香烤熟，贴患处，数日愈。

如此刻薄猪真不是她的性格。她的生肖就属猪。虽说对猪没啥好印象，但不是猪的过。在莫言小说里，猪是水性最好的动物，猪在滔滔大河里游泳神速，像飞鱼一样顺流而下，速度惊人。莫言觉得不过瘾，直接让它们飞到了月亮上。猪有此天赋，真可俯瞰人间了。会游泳的猪都不咬人。没来由她起了这样一个念头。

"迷失的时候，选择更艰辛的那条路。"这是她在微信里看到的未来历。人都有迷失，大大小小程度不一陷入当下困局的茫然无助绝望焦灼。所以其实，我们总在迷失中，云淡风轻就像个神话。迷失是常态，而那条更艰辛的路早在脚下。没有选择，只能拼尽全力走下去。只有走下去，才能找见她的树号。

◇ 经过句 ◇

一

使看不见的看见，使看见的镌刻进心里。写作就是使看不见的看见，使遗忘的抵抗遗忘。作家张炜说得更深透："写作严格地讲，就是一次回返，不停地在记事方面推进自己，又是一个追忆回忆的过程，写作就是回忆。这个回忆有时候是以回忆的形态来表现的，有时候是以向前的形态表现的，但是它本质的东西都是向后的，寻找原来的记忆。"文学就是沉淀出那些本质，所以它又是时间的艺术。

二

陈伯吹先生有句名言：为小孩子写大文学。罗尔德·达尔的作品就是我眼里的大文学。有无边的想象和无尽的生命暖意。全世界的小孩子喜欢、全世界的小孩长大了也愿意推荐给他们自己的孩子的文学。它是可以庄重地立在书架上的。歪着看，躺着看，嘻嘻哈哈翻着看。可是达尔的故事，无论以什么样的诙谐面目呈现，是惊奇冒险，还是魔幻有趣，有一些特质不会变，比如关怀弱者，抚慰人生（《查理和巧克力工厂》里的查理成为旺卡工厂的接班人，改变了全家人的命运）；比如用美的心唤醒人的心（《魔法手指》里"我"用自己的魔法手指惩罚了喜欢猎鸭子的格利鸽一家，唤醒了他们的心，使他们最后变成了喜爱动物的人）；再比如有信有爱，有觉醒和悲悯的能力（这在《女巫》里有很好的呈现）……

这些都是好的儿童文学的必备要素。简言之,一切给儿童以想象,少年以理想,成人以希望的文学,我以为都是优秀的文学。所以日本作家大江健三郎说:"我无法从头再活一遍,可是我们却能够从头再活一遍。"这是优秀文学的魅力。达尔创造了一个我们不可能经历、却比真实的人生更惊涛骇浪的世界,我们在这世界里活过,笑过,哭过,感受到了一个合乎我们自己的更高的人生。

三

还是大江健三郎,他说过这么一句话:"任何成人作家都欠儿童一本书。"

四

为上海这座城市"造像"的非虚构写作,我脑海中陈丹燕是一个,王唯铭亦算一个。陈丹燕更朝向内心,注重人心人性及世风世情,更讲求叙述的调性,是拥有了自己的语言和文体的作家。给一个"及物"的形容,就像波斯细密画。陈丹燕喜欢用长句子,欧风、绵密,表达更内观,更能接通曲折深幽的城市肌理。上海之于陈丹燕,似乎是她的命运。她所着迷和倾力的,始终是人在生活中的命运。她不厌其烦进入一个个人物、一条条街道、一栋栋建筑、一截截历史,以此结构出一个地理意义上的上海,也给读者丰满和想象着那个文化意义上的上海。王唯铭则是大写意,和他激情荡漾的才情气相通。他更着意于从外部去探入,比如老建筑的历史风貌,它的地理位置、结构布局,曾经泼洒在客厅里的笑语喧哗……总之是探究勘察和遥想,嗅觉灵敏,华灯气息扑面。他像一个城市猎人,远远走在城市前面,冷不丁又转到它身后,发出洞悉一切的回响。所以他会说:"我所写的东西不是书房,而是每一次的在场。"

五

似乎穷尽语词,也没有这书封面上的文字有召唤性——"酒神与诸子的慷慨与低回,十二种文学生活场景和内心戏剧,当代智力生活和精神社交的秘密地图。"大概,从《青鸟故事集》开始,阅读"新锐作家"李敬泽成了一部分读者的热烈期待。他不拘文体的越界,他莽荡奔突狂野洒脱的文风,他心似猛虎细嗅蔷薇的洞察与深邃,他在众声喧哗里跟时代跟世界跟时间跟自己对话的欲说还休,是他最深切的修辞。《会饮记》是李敬泽自己发明的一种生活。他在他发明的生活里敞开,联想,漫游,走神,东拉西扯又纵横恣肆,相互辨认又秘密勾连……会饮的来了吗?不曾来临!——他也因此发明了自己,他把自己献出去,和 N 个自己对话。

而这正是他最狂喜的游牧。

六

评论家张莉曾说周晓枫是作家中的"稀有动物",是"散文家中的散文家"。她妙语连珠又内敛沉静,犀利尖锐又谦逊诚恳,她的语言里有一种极为迷人的、层叠繁复又尖锐深刻的周氏调性。这样一个作家如果换一副笔墨来写童话、给孩子写作会是怎样的表情?我读她的《小翅膀》,感受到扑面的暖爱、笃信、勇气和寻找自我的会心莞尔。童话里的小翅膀、浆果、打打们多像我们身边的童年。设身处地为他人的生命着想,这是文学的高贵。小翅膀用美的心唤醒人的心,进而真正地完成了自己和他人的生活。晓枫以梦为马——叮叮咚咚的旋转木马,创造了一个用黑暗来定义光明的梦世界。这世界同样迷人繁复层叠和尖锐深刻。

七

读《沉醉的夏和冬》，脑海里泛起的是小王子，彼得潘，林海音笔下的小英子，童年后院的萧红，沱江边的沈从文，格里格的钢琴曲，安徒生《海的女儿》，安房直子用桔梗花染蓝的狐狸的窗口、金子美铃、茜茜公主、居里夫人……一切的总和。是这样的文学艺术的养分，或说气息气质造就了写这本小书的儿童文学作家张洁。她在书里说："偶然读到喜爱的作家杲向真写的一些文字：'人类当然有不灭的灵魂，但却不是人人都有的，只有思想崇高、心灵纯洁善良、一心一意为人类的利益做出贡献的人，才会有不灭的灵魂。'深爱这段话。愿永远追随它呈示的境界。"对，那也正是她的写照。读张洁散文，作为孩子是可以拿来当做完美样本体味的，学习如何遣词造句，"找到合适、准确的字眼，抓住人或事最典型的特征去描写，寥寥几笔却能够意味深长。"而像我这样的大人，张洁的文字一颗一颗都是镜子，揽镜自照，每一寸光阴的故事里，都生长着你自己的样子。

八

批评家和文学家、艺术家一样，从事的都是勘探心灵的工作。文学批评也是创作，一种揭示性的创作。一个优秀的文学批评家，对文学和艺术无论说好说坏，总能够时而俯瞰，时而内在注视，他一直置身作品的现场，始终保持一种警觉、一种审慎、一种意志。在儿童文学界，刘绪源就是这样一个存在。收录《文心雕虎全编》的批评文字，是他以一己之力、之眼、之心、之情织就的一张新时期中国儿童文学"创作与批评、创造与发现"的审美之网。他把他独到的创见、独特的洞察，乃至对儿童文学的热情、看世界的眼光和对文学真理的发现都织在里面了。

九

好故事可以编。但真正扣人心弦的好故事肯定首先激荡过作者的心灵。他有所触动,起意创作时那些幽微的心事、日常生活里的曲致细节才会那么逼真传神。哪怕是一只狗的心事,也寄寓了一个生灵跌跌撞撞的身影。

十

有的作家在写作之初写自己的童年,自我经验,是为了急于抛开个人的影子,自由地踏上真正虚构的路途,不受羁绊。有的作家终生离不开故乡、家园和自己的影子,那个"自己"其实是他的隐身衣——他一遍遍地回返生养之地，那个生养之地既是他熟稔的地理，更可能是他文学意义上的故乡。这样的作家还真不少，马尔克斯、福克纳、大江健三郎、帕慕克、曹雪芹、鲁迅、沈从文、莫言、迟子建……你得承认，文学所构建起来的心灵故乡要远比记忆里那个地理故乡更浩瀚更深沉更广大。

十一

生命本质上是孤独的。星际浩瀚，宇宙苍茫，人类就是那微茫的一个点——但是他有梦想。他是讲述者、发现者和创造者。也唯有人类，能够承载生命中的一切诗意、梦想和爱。大海壮阔，人类在它面前沧海一粟。星辰无边，卡西尼穷尽一生能量，也终究谢幕。然而人类可以再造深蓝的梦。这些梦，打着生命的节拍，就像生命本身。没有这些,开始就是结束。生命在本质上是孤独的。所以,有人热衷冒险,有人沉溺俗世,有人陶醉于自己编织的谎言,有人以为爱就是伤害,有人在控诉,有人挣扎,有人在挣扎中哭泣,也有人倾听、祈祷、吟唱……和微笑。这个世界,好恶共存。兴许,这就是时间的意义。在虚无里照亮,或被碾碎成泥,就像命运本身。

十二

"阅读就是左右脑互搏。"今年(2019年)香港书展朋友圈里看到的一句话。关于阅读,读书人各有体会。读书跟写作一样,我们读书就是读自己,我们写作也是为了学会和自己相处。所以,我们其实不是在读书,而是在读自己。

十三

小说永远是小说,生长在现实之外,这就是我们大多数人的日常。还有一种更好的生活吗?有,肯定有,应该有——可"好"的定义是什么呢?好的前面还有好。所以,倒是可以切切实实问一句:"如果我们满意了自己的人生,那么还要小说做什么?如果我们不满意自己的人生,小说还可以做什么?"

十四

偶经复兴西路,看到一面红砖墙上挂着"柯灵故居"的牌子,就这么踅进去。小花园内,一只负暄的老猫眯缝着眼打盹,从它面前走过,呼它逗它,概不理会,端然一老翁。时间真像这只瞌睡猫啊,旧忆芳华,毕竟年复年,我的心境也大抵波澜不惊。

这不是什么好兆头。久疏音信的导演秦晓宇发来祝福:"天道酬勤、酬善、酬智,所以在新的一年里,陆梅女史的事业一定有新的进步,生活也会有新的乐趣。"像是一记当头棒喝,及时地惊了一下。好吧,时间无论以怎样的方式到来,你终究还在时间里。葡萄牙诗人费尔南多·佩索阿的励志帖:"你不快乐的每一天都不是你的,你只是虚度了它。无论你怎么活,只要不快乐,你就没有生活过。"

十五

我觉得,现在我早就释然了究竟是一个"作家",还是一个"儿童文学作家"(姑且这么称呼吧,如今称"家"太容易,而我仅仅只是一个写字的人)。我倒是更着迷于在写小说的时候,怎样把"不可能"变成"可能",发明或发现一种生活;而在写散文的时候,怎样将"可能"推向一种"不可能",那种布罗茨基式的"小于一",从有到无的莽荡大荒、浩淼深远,确是我向往的(写到这里,刚巧看到小说家鲁敏在谈阿特伍德时的一句牢骚:"缺什么才喜欢什么,有什么才烦什么。"好吧,作家永远都是写作困难的人,谁都不甘心在没有和风车决斗过、和魔鬼较量过之前就拱手接过好事者递来的滑梯)。

十六

电影《一声一世》里,人问制作尺八的艺人:尺八对你来说意味着什么?答:如果没有尺八,我就什么也没有了。我就是尺八。人问吹奏尺八的音乐家,答:那是我的生命。突然想起在太仓图书馆,最后一排一个男孩问我:写作对你来说意味着什么?我脱口答:那是我的命运。世间那么多写作者,在这一个问题上无有高下,你专注有多深,你的世界就有多大。

十七

汪曾祺说使用语言,就像揉面。"水和面粉本来是两不相干的,多揉揉,水和面的分子就发生了变化。写作也是这样,下笔之前,要把语言在手里反复拧弄。我的习惯是,打好腹稿。"他这么形容写文章的"文气":一个词,一个词;一句,一句;痛痒相关,互相映带,才能姿势横生,气韵生动。

十八

翻自己书时读到评论家雷达一段话,再读,潸然长叹。生命中的"如果"说出口的时候都是不经意的,可当那不经意一语成谶,命运般的,你被这不经意钝然一击,而你却无能为力。愿雷达老师在彼岸安息。这段话敬录这里:"我也写散文,也想向我心仪的目标努力,却收效甚微……蒙田的一段话,竟好像是为我而说的:'如果我希求世界的赞赏,我就会用心修饰自己,仔细打扮了才和世界相见。我要人们在这里看见我的平凡、纯朴和天然的生活,无拘束亦无造作,因为我所描画的就是我自己。'如果有一天,我远离了我的朋友,他们重新打开这些散文,将会看到一个活生生的矛盾性格和一张顽皮的笑脸。"

十九

一个尊重艺术、尊重自己内心的写作者,是值得信赖的。梵高对他的弟弟提奥说:"没有什么是不朽的,包括艺术本身。唯一不朽的,是艺术所传递出来的对人和世界的理解。"年岁日增,越发地倚赖内心,遵从内心的需要。实则是为心灵的完善和超越而活。

二十

所谓众生微尘,我们都在通往自己的路上。所以"每天都要前进,因为你唯一的目的就是认识你的心灵及隐藏在其深处的神圣内涵"。(马洛伊·山多尔)

二十一

传媒时代,我们可能更深陷于故事。无论是虚构还是非虚构,都被各种故事包围。以前需要从说书、戏曲里获知的故事,如今来得特别容易,而且更传奇,真假莫辨。真的成了假的,假的被塑成真的。还不单是真假莫辨的问题,主要是影响的焦虑。奇观式的故事爆炸拖垮了想象力。一个直观感受是:现代人都活在预知和无可预知的想象世界里，对现实不再敏感，年轻人也不爱提问，不看天空，人手一部手机就拥有了整个世界。对身边的日常、朝夕变化，人和人的沟通，建构自我的愿望等等都在下沉。好像我们过的是虚拟的现实，而不是生活本真的现实，信息越繁复，内心越空荡……除了事实的想象力、虚拟的现实感，怎样创造价值的想象力，重新建构起一个更有行动主体性的内宇宙，或许才是一个写作者最重要的生活。

二十二

"时时处处不要容忍平庸。"童话作家周锐在一个儿童文学笔会上送年轻人一句话。这是一个很好的提醒。一个人过各种招式，尝试多种文体的写作，是求索的必然，而去掉标签，不要限制自己、固化自己也是成长的要义。年轻写作者当然需要量的累积和实践，但是当你度过了技巧上的熟练熟稔之后，怎么面对接下来的难度考验？不一样的境界和格局会朝向不一样的写作，为写而写的"匠气"——不断重复自己编织一个个可复制的故事，还是如魔法师般创造和发明一种奇迹？——成为自己，同时有勇气打碎和冒犯自己，在跌跌撞撞的写作路上重塑一个自己。今日今时的写作者如果有写的意愿和能力，各路出版社的编辑都会伸来橄榄枝，写书出书签书邀约不断，当"给孩子的写作"成为一门相对容易的手艺，作为一个有要求的作家首先是警醒和警觉，提醒自己不要志得意满，不要沾沾自喜，不要沉醉在看得到的鲜花和码洋里，而这恰恰又是艰难的。写作者如能有一点点的反省和自律，已经相当的不容易了。

二十三

微信上一直是这一句签名："时间的可爱之

处，在于它的不被利用。"可悖谬的是，这个匆忙的时代，时间早就被打上价签。技术可以改变时间吗？就像电影《降临》里那样，将你的未来提早预知。可还是需要语言。需要理解和沟通。这么想，还不至于空悲切——起码语言、书写，你的文字还有用。当人类被技术绑架，语言和文字还可努力挣脱，尝试和自己相处，和自然天地、宇宙空间相处。时间循环往复，"一切的起点都将是终点。"（艾略特）

二十四

有时候我觉得好作品不是"构思"出来的。尽管"构思"是一个作家的写作常态。但是一个作家一生中总有那么一两部作品，就像是生命本身的流淌，浑然天成，特别从容。我读董宏猷的《牧歌》时有这个感觉。董宏猷在这个小说里写下的，是一个孩子和武汉这座城市命运般的友情。这个孩子，文学的意义上，和实在的意义上重合了。而因为《牧歌》的写作，董宏猷幸运地邂逅了童年的自己——当然，所有的幸运，都可能是由一些不幸换来的，这是另一个话题。

二十五

好小说都有透气的园子。逸笔草草，菖蒲几束，曲径通幽，花窗漏天，这种漫不经心又娓娓道来的闲笔，在娱乐派儿童小说里是没有的——有也不会这么闲庭信步，浮皮潦草一笔带过，不会把一早起来的好光阴用在打量花草上。我喜欢透气的儿童小说。虽说给孩子看的小说要紧张刺激，但也不能提着一股子气盲目乱跑，又不是追杀，停下来让气顺一顺，会更舒缓，也走得远。反过来，太过迷恋小径分岔了也会危险。好比走林中路，不熟悉路况，兜兜转转，以为走了很远的路，却还在原地。这么说来，写小说就跟造房子，爬山，航海，森林行走或深海探险一样。

下卷 沿途：光芒与河流

◇ 植物之约 ◇

我对新疆的认识来自多年前一个作家朋友——他同时也是一个狂热的摄影爱好者——从新疆带回来的大堆照片：沉睡的喀纳斯湖，夕照、炊烟下的白哈巴，远山、牧马被层次繁复的蓝笼罩着的那拉提，银白树干和金黄透亮的哈巴河白桦林，魔鬼城乌尔禾，吐鲁番汲水的维吾尔少女，春天黄色小花铺排盛开的赛里木湖，布尔津的落日、树和天空，广袤草原和湖海的巴音布鲁克……

我被那些色彩所惊醒。那一树树繁茂金子般的胡杨，那蓝得旷世寂寞的天空，超现实得近乎不可思议。人间真有如此绝美的静谧和澄澈、诡谲和斑斓？我有些恍惚，找不到一个恰切的词形容我那时的感受。

多年后，我从南京大学教授王彬彬《2012年〈回族文学〉读札》一文里获知一个叫冶福生的西北作家，他在一篇小说里写到村庄天空的蓝："是那种让人心慌的蓝，那种一揭去蓝帷幕就能看到什么的蓝。"——我和王彬彬一样，觉得用"让人心慌"来形容天空的蓝，真是准确又尖新之极！也终于记起，曾经我被一大沓新疆照片所震慑，就是"心慌"这样一种心理状态——那澄澈无边的蓝，那璀璨透亮的黄，以强烈的视觉冲击，令你瞬间眩晕。

然而我的新疆之行，一再地因各般琐事而延宕。或许是为"回报"我的一次次擦肩，二〇一二年的八月和九月，我竟连着两次踏上新疆的阿勒泰和伊犁。如今我的脑海里回旋着那一路去过的地方：布尔津、五彩滩、喀纳斯、天池、吐鲁番、赛里木湖、伊犁将军府、巴彦岱镇、喀赞其、塔兰奇……我的饕餮大餐般的眼睛，来不及消化那一路的盛宴。而我匆促地闯入和探看，也注定了只能是一个外来者的走马观花。

那么就说说植物吧。我的每一次出行，总忘不了对一朵花、一株草、一棵树的投注。我对某个地方的回忆，也常常是融入了对某种植物的回忆。我的相机里永远装着花儿、草叶和树。尤其是树和树的天空。我的一次次行走，惯常姿势总是仰望，远树和近树，一棵树、两棵树，乃至一整片密林。

此刻我的脑海里漫过在新疆路途上看到的树：白杨树、葡萄树、桑树、榆树、桦树、柳树、胡杨树、石榴树、沙枣树、无花果树、红柳、梭梭……不单是树，还有很多的草本植物。写《植物的故事》的英国《独立报》园艺版记者、专栏作家安娜·帕福德曾骑马与哈萨克牧马人亚历山大一起穿越中亚天山山脉。一路上随处可见贝母属植物、蓝鸢尾、荨麻、藏红花、郁金香、粉色樱桃、葱属植物、成片的紫罗兰、大茴香、紫堇属植物、叶子呈箭头状的黑海芋……"简直比哈萨克人地毯上的针脚还要细密。"

所有这些在东方遍地丛生的植物，它们曾千里迢迢，从中亚的故乡辗转迁居到欧洲的大小城市：帕多瓦、普罗旺斯、巴黎、莱顿乃至伦敦。它们在异乡被赋予了新"身份"，甚而脱胎为"新贵"。安娜在书里写到一个数据："在十五世纪中期到十六世纪中期的一百年间，由东方引入欧洲的植物数量几乎相当于过去两千年中引入数量总和的二十倍。"

这很令我感慨。一直以来，我从各种书里获知的那些"西方植物"，比如玫瑰，却恰恰是由亚洲引入欧洲才光芒四射——其实玫瑰叫不叫玫瑰有什么关系呢？牧马人亚历山大叫得出天山山脉脚下80%的植物通用名——梨是"格鲁沙"，荨麻是"克拉皮瓦"，鸢尾是"乌克拉"，郁金香是"凯斯卡尔达克"，还有那些美味的蘑菇——"西纳诺兹卡"！

还有菘蓝，也就是板蓝根、大青叶，维吾尔人给了它一个好听的名字：奥斯曼。叫菘蓝时，它是染坊里的染料；叫板蓝根时，我理所当然地视它为清凉解毒的草药。而在维吾尔人家的庭院、在新疆大大小小的巴扎上，它却奇迹般地重生。它有一个美丽的名字奥斯曼草，维吾尔女子用它来描眉生眉。

在新疆生活了二十多年的诗人沈苇写过一本书《植物传奇》，我在书里识得它，知道每一个维吾尔女子还是小姑娘时，她的妈妈都会用奥斯曼草汁给她描眉画眉。想象那些捣碎了的深绿汁液，丝丝缕缕被眉毛吸附、蔓延、生长，那是怎样一种草木葱茏的舒展！

那个下午，在伊宁市达达木图乡布拉克村的塔兰奇文化村，我邂逅了这种草。意外相逢，竟似旧友般亲切。阳光铺洒的庭院，我梦幻般重返童年——一位维吾尔族大妈在给小女孩涂抹奥斯曼草汁，我弯腰上前，也请大妈帮我画眉。有心的《伊犁晚报》首席记者卢钟拍下了这一瞬间。看到照片，真是喜悦！那个坐在我和大妈间的小女孩，抬起画好了奥斯曼眉的额，眼里盛满清澈和纯真，还有一脸友善的好奇——哈！是呀，这真像一个寓言，它以无可预知的方式把我带回小时候。那眉毛上的奥斯曼，是通向童年的桥梁。

很多国家和民族都有自己的象征植物，如白桦之于俄罗斯、樱花之于日本、郁金香之于荷兰、猴面包树之于南非……那么广袤深阔的新疆呢，似乎很难用一两种植物来概括。新疆的植物太丰茂了！只要有绿洲，就有树。哪怕是沙漠和戈壁，也都奋力长出梭梭、红柳、沙棘和骆驼刺。

在喀赞其坐"马的"，迎接我们的一条条巷道两旁齐刷刷都是树，大树小树。刷着和天空一样颜色的维吾尔族民居，从洞开的庭院里能看到更多的绿：葡萄架上挂着串串饱满透亮的葡萄，石榴树无花果树枝繁叶茂，各种鲜花长势兴旺。走进任何一家庭院，扑面而来的肯定是遮荫的绿、绿、绿。炎热阳光泼洒在葡萄藤蔓上、无花果树的枝叶上，你站在绿荫下，看天看地，眼里都是斑驳的光影，恍惚有迷离之感——那是一个陌生的闯入者在维吾尔人家感受到的第一丝气息：绿气息。维吾尔族聚居的城市还有很多别的气息：香料的气息，经书的气息，尘土的气息，巴扎的气息，麦西来甫的气息……所有这些气息构成了一座城市的灵和魂。而所有这些气息中，绿是第一位的。

维吾尔族是一个爱树如命的民族，他们每到一个地方，决定居住下来时，首先要种几棵树，然后才是盖房子。维吾尔有谚语："绿洲上没有树荫，还不如在戈壁滩上活。""在地下种树的人，能够吃到天堂里的果子。"所以无论在城市的大街小巷行走，还是隔着车窗玻璃远望绿洲、农田、村庄和荒野，你总能够看到树。

我在伊犁将军府看到两棵一百二十年的古榆树，沧桑浓郁。榆树的枝桠胡乱地向上伸展着，不讲章法的个性有点像胡杨，也是一径向上，自由随性，每个枝杈都乱长胡伸——不像南方的树，很多南方的树都被人为地修剪成球状、伞状、树篱状。尤其是主干道上的树，刚有一点繁茂气象，就被园林工人以"养护"为名不动声色地肢解了！

所以我武断地以为，城市里的树不是树。城市里的树，可以是景观灯的依附，是聊胜于无的安慰或点缀，就不是一棵自然生长的树。自然生长的树在原野，在绿洲，在山谷，在森林，在很多爱树如命的民族间。沈苇在《植物传奇》里写到，在一些北方民族（尤其是阿尔泰语系民族）的记忆中，有崇拜苍天、高山和树木的传统："认为树是天空的支柱、神灵的居所。"——其实树神崇拜，几乎是遍布世界各个民族的一种习俗。有的民族甚至规定禁止采摘树神上的哪怕一片树叶。那才是一棵树的福祉！这样的树，是生命树、灵魂树。

那两棵伊犁将军府大堂前的古榆树，肯定也是神树。大片大片长在绿洲上的野性的胡杨林、白桦林肯定也是神树。所以在新疆行走，你总会相逢一个个灵魂。它们或呢喃低语，或呼啸着舞蹈，或配以苍凉的呼告，或欢腾歌唱，或忧伤，或快乐，或激越……而你无论邂逅什么样的灵魂，最好的表情是学会一声不吭，懂得静立驻足。

安德烈·纪德在《人间食粮》里说："自然万物都在追求快乐。正是快乐促使草茎长高，芽苞抽叶，花蕾绽开。正是快乐安排花冠和阳光接吻，邀请一切存活的事物举行婚礼，让休眠的幼虫变成蛹；再让蛾子逃出蛹壳的囚笼。正是在快乐的指引下，万物都向往最大的安逸，更自觉地趋向进步……"

其实植物和人类一样，一切灵魂的挣扎与坚守，都是为找寻和静候一个让自己安居的家。

◇ 美的款待 ◇

对一个不吃羊肉、不擅歌酒的人来说,新疆的美真真无福消受,也没有资格谈论。可我又一次去了新疆,又一次来到神驰心往的喀纳斯。张承志说,在新疆他完成了"向美与清洁的皈依"(《相约来世》书序)——当你被成全了能够入门理解它时——这美会唤醒一种深刻的感情。浩瀚盛美的新疆,恐怕我用几辈子的人生去努力去抵达,也不得入其门!可是在喀纳斯的那两个日和夜,我确确实实领受了无限多的美意——有时美本身就是一种距离感,它需要成全,而不是占有。

这是我第二次到喀纳斯。第一回是无尽的夏,脑海里独独留下群山郁绿——到处是绿,阳面草坡是绿,环湖四周的云杉冷杉落叶松红松和满目的白桦林是绿，那一刻，连我看到的喀纳斯湖也是绿的。如此泼墨一般的苍茫的绿啊，简直要把我整个的身心都染绿！这一回，可巧赶了个春夏交替。野芍药虽已呼啦啦开过，但是更多花儿正次第芬芳。黄的是野罂粟、蒲公英、金莲花、毛茛，蓝色紫色的小花最是惹人怜，阿拉伯婆婆纳、新疆风铃草、贝母、勿忘我……身陷喀纳斯漫漫花海，称自己懂植物是可笑的。镜头收纳了一帧又一帧道不出名的山花，各般形态，种种斑斓，我徒叹无知，此生我是连植物也入不了门了！脑海里跳出英国诗人丁尼生那句箴言般的诗："当你从头到根弄懂了一朵小花，你就懂得了上帝和人。"——原来你慨叹的，前人早就替你慨叹过了。大自然何其神妙，即便一朵小小野花，你以为懂得，却也未必能够。

那就单单赏个美景吧。俯瞰一弯又一弯蓝醉了的喀纳斯湖，云天相伴，山谷激荡，那样一种蓝啊，我寒碜的文字怎生描摹！罢了罢了，那些绝美的天地宝物倘真能够明明白白道明了，我们又该往何处去魂牵梦萦？我们蒙尘的心又往哪里去清理？

新疆太大，喀纳斯地处牧区的阿勒泰，从布尔津县城往喀纳斯的盘山公路上，连绵起伏着广袤草原。远处的山麓、更远处的雪山，眼前一晃，平坦草原上散落的牛羊群和哈萨克牧民的白毡房在眼皮子底下消失，很快，同样的景象又在另一个牧区遥遥袒露。对一个怀揣美的向往的浪漫旅人来说，阿勒泰的夏牧场是美丽而迷人的——确实迷人，巨大的湛蓝天幕，云彩漂浮，无边的山峦草滩，牛羊成群，大地静默，万物呈祥，阳光金子般灼热……这是夏季草原的恩赐。一个旅人，只管接收大自然盛情的款待，而不必去操心牧人们的日常、转场、迁徙、鼠害、狼患、沙暴、严寒、恶劣天气……乃至和时光一样漫长的寂寞与孤独。

在美面前，我常常拙于言辞。比如喀纳斯当晚不期而遇的那个星夜——真真是星河无边的浩淼宇宙啊，那么美好，那么壮丽！那满天的星斗，不是一颗一颗，而是一团一团的银河系，水钻般镶嵌在低低的黑蓝天幕上。你走在清香阵阵的松林里，大路笔直，左右不顾，只一径往星空看，瞬间就飘离了地面，鸟一样轻盈低飞……原来，宫崎骏动画片里的那个童话世界是存在的，并非虚幻！梵高画笔下的星空同样也不是艺术的夸张！那一刻，我真真切切感受到：一个人若是持有对童话的信仰，那么他会拥有更多心灵的生活。

很久很久没有走夜路的经历了。城市里的晚上不叫晚上，声光电覆盖了一切。城市里的晚上甚至比白天还热闹，市声嚷嚷，星星们待不下，一下跑得无影踪。如此灿烂的天幕为谁开？——为所有静默的大地和大地上珍惜自然、拥有更多心灵生活的人们。在喀纳斯，我感受到的不只是群山静默的神奇，还有草原上的牧人们永恒的信仰。信仰的呈现不单是宗教，还有比宗教多得多的美的追寻，比如对生活的歌唱、对自由的热望，纵马驰骋的民族对自然天地和一切生灵存有一份敬畏，信仰于他们就是生活本身。

生活在喀纳斯湖畔的图瓦人祭山、祭天、祭湖、祭树、祭火、祭敖包，尽管图瓦人原木垒成的小木屋里，墙壁上高悬成吉思汗画像，佛龛里供奉着班禅，但这不影响他们对英雄的崇拜和古老仪式的虔诚。大地永恒而神秘，草原、星空、大树、绵延的山脉，都是他们的家。

第四届西部文学奖朴素而庄重的颁奖会现场，第一次聆听到图瓦人用一秆草笛吹出的天籁之音，真正的"动唇有曲，发口成音。触类感物，因歌随吟……玄妙足以通神悟灵，精微足以穷幽测深"（晋成公绥《啸赋》）。原谅我对音乐的无知，此前我并不知晓那一管很普通的笛子原是蒙古族的传统乐器"楚尔"，由一种名为"芒达勒西"的苇科植物茎秆掏空钻孔后调制成，三个孔可以吹出五个声、六个音。神奇的是，那旋律完全靠舌尖来控制气量,喉咙的震颤发出和声。

楚尔乐曲《喀纳斯湖的波浪》从图瓦艺人的笛孔里飘出的刹那,我惊异得凝神而坐,肉身呆在那里,心魂情不自禁被牵扯,化身为喀纳斯湖岸边的一缕清风、一抹烟云……那样一种低诉,哪里是吹给人间的音乐!那么美,又那么神秘,夺人心魂,却又难以言说。

如果美也是一种神启,那么我在喀纳斯听到的"楚尔"和"呼麦",遭遇到的黑蓝晶莹的夜幕,乃至深夜十二点喀纳斯湖畔云母般的天光,都是一次次心的唤醒。美,不仅需要成全,有时还是神启。浪漫和忧伤的背后,往往是一个民族寻美路上的爱和宽恕、尊重与悲悯、发自内心的人道主义。

◇ 寻美的旅程 ◇

地理的意义上，新疆之于中国，是西北版图上连接欧亚大陆的一块腹地（通商要道），是地广人稀的大边疆。可是不管你到没到过新疆，有没有深度地漫游过新疆，只要你对新疆投注过热情，心灵的、身体的，你或许更愿意把新疆看作一份心的神往——听听这些山脉河流的名称吧：

天山、昆仑山、喀喇昆仑山、阿尔泰山；塔里木河（"脱缰的野马"）、伊犁河（"光明显达"）、叶尔羌河（"朋友的村镇"、"崖上的城市"，汇入塔里木河）、额尔齐斯河（"河流湍急"，中国唯一流入北冰洋的河流）、玛纳斯河（"巡逻者"）、盖孜河（"分水岭"，从帕米尔高原发源）……

引在括号里的汉译源自维吾尔语、突厥语、蒙古语、柯尔克孜语等各民族的语言，我想它是一个提醒，这一条河和那一座山，它是有源头的，有自己的来处和恢弘历史，而命运一旦让它和广阔的新疆大地相濡以沫，我们才得以体会如此浩瀚壮阔的大自然。新疆的河流多达五百七十条——这个数字我从网上找来，未必准确，然而河流的出现不就像连绵的雪山冰川一样，这里消失了，那里又奔腾了？我曾亲眼看到从昆仑山帕米尔高原上一路涌淌，裹挟着泥沙鲁莽冲撞，浩浩汤汤激流而下的雪水河谷。时间是在七月末的夏季，混沌的泥水滋养出了青绿草滩，草滩上的马牛羊优雅无匹，金色旱獭懒洋洋地在草海里打滚——没错，这是新疆最丰沛热烈的季节。

就是在南疆广袤的荒滩戈壁，你也总能在这个季节遇上一点绿色：红柳、沙棘、芨芨草、骆驼蓬、小白杨……当你的眼睛饱看了广阔视野里褐色和铁色的秃山，无意间一抬头，你就和夏天的绿撞个正着,特别受提振,丢开瞌睡,眼目四望,原来南疆夏天的秘密在雪山!遥不可及却又近在咫尺的"冰山之父"慕士塔格峰群峰连绵袒露在你面前——这么坦荡敞亮,我还以为是孤绝的山峰一座呢!车子开了很久,我们竟然一直在慕士塔格峰的照耀下,称它"冰山之父"真是贴切。有雪水的润泽,荒漠生出奇迹,草原盛放花朵,绿洲深处的家园更是瓜果飘香。所以在七月的南疆,和阳光一样灼烫的,是山间谷底的苍翠奔腾。

不用怀疑,大自然洞悉一切。而我,已经踏在了松软肥美的绿草地上,暖热空气嗡嗡嗡在耳边回响——是空气还是风,或是草原上飞舞的蜂蝶?眼前雪山,绿色草原,金色的夕光,一匹吃着草的骆驼,俯仰之间,我领受了美的真谛。

然而我却生出羞愧心。其实美有自己自在自为的世界,美不需要他人的指点和赞美,而习惯了饕餮的人们总也忍不住忘形于色,手机相机轮番咔嚓……

美不动声色，收起深沉的暮霭。我们继续赶路。

从干旱曝晒的喀什出发，一路驱车，总有难忘景致牵住我们的脚步，如此跋涉了八九个小时，夜晚到达塔什库尔干小县城。这里海拔三千二百米，深夜十一点的天空还是青灰色的，风有点凉。坐了一天的车，人乏肚饿，每个人都风尘仆仆——这个词用在这里方显本色。沿途看到的雪山、峥嵘巨石、绿洲和荒野……无不笼罩在漫天黄沙里。深夜住进酒店，犹豫着要不要洗澡，打开水龙头，出水正常。可怜的羞愧心袭来，感觉不把水龙头关小简直是可耻。这一夜，潦草洗了把脸打发自己睡下。

在干旱风寒的高原，水是珍贵的，阳光是珍贵的，随处可见的石头也被珍重地善待起来——塔什库尔干就是"石头城堡"的意思。这座县城有两个石头城，土黄色遥遥矗立在县城东北角，木栈道相连、围了一个内外圈的是古代石头城，参观要买门票，而我更想看看有塔吉克人生活的当下的石头城。代表过去的石头城被认为是公元初期塔吉克先民建立的揭盘陀国的都城,直到清代,还在发挥丝绸之路葱岭驿站的作用,是东方最西端的商贸驿站。也许,在高原塔吉克人的心里,这座旧石头城一直在时间里,过去的时间、现在的时间和将来的时间,它就是时间本身。时间是历史,也是命运。

这里已经是帕米尔高原了,脑海里闪回着小时候看《冰山上的来客》的经典镜头,披着闪亮纱巾的古兰丹姆在雪域高原的映衬下绚丽得像个谜,优美旋律已经鼓胀在喉咙口了——

花儿为什么这样红?

为什么这样红?

哎红得好像,

红得好像燃烧的火

……

我看到了广场上的雄鹰。它伸展开双翅，被昆仑山柱高高托起，它飞得太高了，时间也为它停下了脚步。它是塔什库尔干的"精神海拔"。在高原，也只有在高原，雄鹰跟太阳一样距离塔吉克人这么亲这么近，它们是这座高寒小城的热力和光芒。

因为神秘的古兰丹姆，帕米尔高原在我心里早就神圣化了，我以为那是我此生不可企及的雪域高山，积雪终年不化，平均海拔在四千五百米以上，"塔吉克是一个不仅忍受着高寒酷晒，也忍受着贫苦的民族。"不仅塔吉克，还有柯尔克孜族，我们在行车途中借一家有两个柯尔克孜族男孩的屋子歇脚充饥，男孩和他们的母亲慷慨地请我们进屋，很快又麻利地端来酸奶和大盆西瓜请我们吃。两个男孩进进出出看有什么需要帮助，他们的脸都晒成了高原红，常年的风寒和酷晒，或许还有少人的缘故，养成了他们山一样的品格，就那么静默着，热情限制在七十度，而这已经是高原的沸点了。这也许是雪山高原人最经典的表情,静穆着一张脸,不说话,只默默注视,随时等待着献出他们最无私的帮助。而当你从高原上下来,你会越来越多地看到一张张嬉笑怒骂的脸,表情夸张,口不择言,口若悬河……

可是同时,我又在塔吉克和柯尔克孜人的民族音乐和舞蹈里感受到一颗火热炽烈的心。在石头城,我看到了塔吉克人最心爱的乐器——鹰笛和手鼓。用鹰的翅骨制成的长笛,和太阳一样圆润光芒的大鼓,只有在最吉祥、最需要祝福的时刻,绝美的音乐才会响起,热烈的鹰舞才会跳起。这是帕米尔高原的秋天、冬天和春天,他们的新娘要出嫁了,他们的耕种要开始了。他们的音乐和歌舞就是吹散风雪的热力和光芒。

"没有一块石头不拥有自己的家乡,/没有一匹骆驼能驮走太阳的新娘,/没有一位冰山来客能摘走一朵帕米尔花。"(沈苇的诗)新疆真的是太大了，一朵帕米尔花里住一个精灵，一只神鹰的脊背上驮一个民族，一座石头城藏一卷星辰，一片冰川把你的眼睛擦亮……嗳，如果我不千里迢迢来到南疆喀什，不长途跋涉踏上帕米尔高原，不在海拔五千米的天界哨所听战士讲述守边的故事——那个战士紫黑着一张脸，一直在笑着笑着，讲一句话笑一笑，停下来又笑一笑，眼神里汪着清澈的雪水和瓦蓝苍穹，就这么轻描淡写地讲着哨所苦寒的过去和今天的来之不易。他是红其拉甫的孩子，雪域高原的守护者——嗳，如果我没有这样的一次漫游，身体和心灵在缺氧的高原腾云驾雾，不知疲倦地苏醒着，我那神往的心还会在意念里打转，然而此刻，切切实实地，我从战士的笑颜里获得了审视自己的角度和目光。

去塔什库尔干的漫漫长路上，田野深处不时闪过一排排青黛的白杨树，它们遮天蔽日，遥遥延伸，简直是横无际涯——白杨树的尽头是村庄吗？

肯定的，一切的终点也是起点。对白杨树来说，有家园的地方就有它们的生长，家园的方向就是绿洲的方向。而我无限遗憾地一次次和它们失之交臂，一个村子，又一个村子，有时一闪而过绿荫里几个小男孩追逐奔跑的身影，一对年轻夫妇劳作后闲然而坐的松快，包着头巾的维吾尔大妈提着鼓鼓囊囊的手袋晃向白杨深处，艾德莱斯绸绚丽的裙衫迷迷蒙蒙……这样的一幕幕闯入我眼底的时候，我竟然听到了心底的一声叹息：终究，我是一个旅人，每一刻都是当下，然后永远消逝。

一阵白杨林的风吹进车窗，暖热混合着清芬凉意的气息拂在脸上。给我们开车的维吾尔大叔关了空调，他很会照顾自己的车，也知道哪里的风不该轻易辜负。呼吸瞬间通畅了，天地间笼罩一路的沙尘也被白杨林遮挡了。密密匝匝冲天而上的白杨树是新疆的家园树，它们甚至可以指代新疆的绿洲。尽管新疆还有沙枣树、榆树、胡杨树、白桦树、石榴树、无花果树、葡萄树、野苹果树、梨树、杏树、桑树……新疆的绿洲就是树的天堂,没有树的新疆是不可思议的。但是只有白杨树可以撑起一个个村庄,有白杨树的地方就有家园。白杨树就是家园,维吾尔族百姓的家园,哈萨克牧民眺望的高塔,我眼睛所及南疆乡野广阔无边的一排排大地琴键——

在两种流动之间

你是一棵银珠!

——在我和心灵之间

撑着你这理想的躯干!

写《小银和我》的希梅内斯这样歌唱白杨,而我以为他更该礼赞家乡的橄榄树,灰色的风,大片广袤干绿的橄榄树,苍茫茫的蓝天,是安达卢西亚平原的典型景致。绿洲深处,我好像听见了刀郎人"用歌声攀越天空"(沈苇语),一阵白杨林的风接过歌声:"为什么问我的家世?正如树叶的枯荣,人类的世代也是如此。秋风将树叶吹落到地上,春天来临,林中又会萌发,长出新的绿叶,人类也是一代出生,一代凋零……"

在新疆,你随处游走就可能踩到一样宝贝——石头还是玉石就不说了,单说草本的苦豆子,一丛丛槐叶一样的小灌木,低矮地长在路边沙地里,很不起眼,红柳还开出烟霞一样的红粉粉花团呢,苦豆子草就跟相貌平平的柴门女孩一般,眼里装满了大景致的游客根本看不到它。可是它有大用。我也是漫不经心在胡杨沙枣林里转时听讲解的女孩顺手指了一下,说这是苦豆子草,叶子可以杀菌驱虫保鲜,"盖了苦豆子草的羊肉不会坏",女孩在我的追问下解释。我在沈苇的《植物传奇》里知道布尔津人以前用苦豆子草驱蚊,"家家户户门口点燃麦草压上苦豆子来驱蚊",对新疆如此熟稔热爱的沈苇写了一本新疆植物的书,连红柳也专有一节,却没给苦豆子草,可见新疆宝贝多不胜数。

单草本里的苜蓿是"天马的食粮",奥斯曼草是"眉毛的食粮",鹰嘴豆不仅是解馋的零食,还"专门用来治疗男人各种莫名其妙的疾症,譬如神情倦怠、腰酸背痛、焦炭般的干渴、夜半的噩梦、面部的毒素、止不住的咳嗽、百结的愁肠等"。至于帕米尔高原上生长的雪菊、和田的小玫瑰、库尔勒的香梨……早已被推广到平原内陆大面积地种植了。然而毫无疑问,离开了扎根的乡土,雪菊就是不香,香梨有股酸涩味,玫瑰也不是和田的徘徊花了。"永远没有两块同样的天空",当我回到上海,从手机相册里翻出在高原拍到的黄金般的雪菊和粉妍如梦幻的帕米尔花,我愣在那里说不出话。

有一种得到,就是永远的失去。美从来不需要证明什么,你却生出羞愧心。

似乎,我写下的,只是一个漫游者寻美的旅

程。所谓漫游就是任性而游，蜜蜂一样只管采撷诗意和美好，而腹地的深处，那些卑微无名的生活，那苍茫贫乏的荒漠，那雪域高山上"风吹石头跑"的严寒，沿路随处可见生死相依的麻扎，还有在古城喀什噶尔迷宫般的深巷里，我能知道多少呢？多少深沉的叹息和深长的祝福对我是永远关闭的？这就是一个漫游者的局限。

然而我仍然欣慰——当你从局限里感知到了美的刹那永恒和转瞬即逝，甚而学会了欣赏人的差异性和文化的差异性，而这差异性恰成全了多元多样的激发与互融，是一个民族生生不息的活力和生机，难道，这不是美给予我们的启示？

◇ 我们的家园 ◇

这一年半载,但有时间,总想着回故乡。"虽说故乡,然而已没有家。"——我耳旁呼应着鲁迅的叹息。这个我频频回望的故乡早被夷为平地。碎砖块水泥柱无序地裸呈,断裂处醒目的砖红惊心动魄,脚踩上去竟生出无由的慌乱感。

怎么回事?明明是自己的家啊,纵使家已成瓦砾,那也是熟稔的故土。细细想来,是因为静。止息的没有人烟的静。到处是瓦砾堆和疯长的野蒿草,间或窜出一只白猫,无声一晃,转眼不见。我的不安和心惊又添了几分。我是谁?我来这里干什么?父母已搬去小镇安顿,最牵念的那棵老桂树也已易主……

无非,"家"门前还有一株辛夷花树,三两棵枇杷桃李，一些被砍剩的竹林和荒芜的菜园子。如果非要有个理由，再加上寄养在表哥家的大狗阿黄。这个行将消逝的村落，还零星残存着一幢两幢未倒的高楼，茕茕孑立。表哥家即是其中一户。

我确是为着大狗阿黄去的。捎带看一眼辛夷花树。每次看完阿黄，亲眼看着它急急吞下一根又一根香肠，想象它饱一餐饥一顿的日和夜，我都不忍直视，更不敢遥望它的未来。与其说我是对这只狗心存愧疚——父母家已不容许再养一只狗——不如讲我是无法直面我的失魂落魄。是啊，虽说故乡，然而已没有家！

恰是在这般心绪下，我随友人去了一趟金华的古村落。村落名都很好听：寺平村、岭下坡阳古街、岭下釜章村、塘雅、琐园……很契合浙西徽派建筑的古雅美意，白墙黛瓦马头墙，门楣窗扇梁柱遍饰雕刻，砖雕木雕石雕各般讲究。尤其敞阔聚气的厅堂——立本堂、崇德堂、崇厚堂、敦睦堂……

端的是儒家"诗文为乐,忠孝传家"的敦本敬祖之风。

春阳早上,信步在窄长街巷里穿行,确有一种回乡的亲切——这个"乡",是我们熟悉的远去年代的投影。曾经,我们的祖辈在这样的老房子里繁衍生息。一个大家族衍生出多个小家庭,外姓融入,儿女成家,子孙满堂,村落自然而成。久之,家训、族谱、人伦秩序、乡规民约与古老的建筑一起构成了一个信仰的空间。

繁体的"鄉"字,右半边是"郎"。郎在外行游求学、为官经商……都把"乡"带在身边,所谓"乡愁"就是这样一份故乡的牵挂。李渔讲"不受行路之苦,不知居家之乐",一个有故乡的人,失意时念念故乡的好,得意后盼着衣锦还乡,即便是久居他乡,也终要落叶归根。故乡的一草一木、一砖一瓦、湖畔海河……乃至最初的生命记忆、性格情感早就融在你我的血液里,成为我们一辈子的基础和精神依托。

可是,从哪一天起,村落空寂郎不回——城市化进程在改变着社会结构,城市人口涌动,乡村荒寂少人烟,这是近些年我们切身感受到的一个现实。一个村落如果没有了原住民,保护得再好也只是一具空洞的躯壳。村落的灵魂是祖祖辈辈生活在那里的人——这是郎还可归的"乡",若是连村落也没有了呢?真就应了《周易》的象数之学,简化的"乡"字,从此乡无郎!

金华的古村落虽也显寂寥,却还有人——自然以老人和孩子居多,这是眼下中国乡村的一个普遍现象:青壮年背井离乡去遥远的城市求学打工,留下年幼尚小的孩童和蹒跚老人相伴厮守。村落空壳化、乡村人口老龄化成了一段时间来频频被聚焦的话题。随着这话题持续发酵,我们也确切感受到了问题的严重性。我看到一组数据:二十一世纪前十年,全国自然村由三百六十三万个锐减至两百七十一万个，十年间减少了九十多万个，平均每天消失两百多个，其中包含大量传统村落。伴随村落消逝的，是村庄的凋敝，以及由人而衍生出来的民俗文化、土地情怀、人伦秩序……的难以为继。

当年李清照登上金华八咏楼，留下诗文："千古风流八咏楼，江山留于后人愁。水通南国三千里，气压江城十四州。"李清照前后，沈约、崔颢、刘禹锡、赵孟𫖯、张志和……多少文人留下登八咏楼的诗文，八咏楼之于金华，好比枫桥、寒山寺之于苏州，黄鹤楼之于武汉，曲水流觞之于绍兴兰亭……"人已非，风依然"——那些使古迹、建筑熠熠生辉的，原是"风"里绵延生长的文脉。

"风"是什么呢？是礼节习俗，是文采风格，是一地一时的风尚，是千古风流的气象、风骨……我确是在金华古村落里感受到了"风"，比如塘雅镇的木版年画、江东镇的古婺窑火、岭下坡阳古街上的老人之家。相较多年前的"留不住人"，一些传统村落正在悄悄改变，懂得保留村庄的原始风貌，懂得开发创意吸引游子归家……"有时候远方唤起的渴望并非引向陌生之地，而是一种回家的召唤。"本雅明的话多么像是对今日游子的砥砺！

祈愿民间的"风"更多流传。唯其如此，方能"礼失求诸野"。

◇ 礼敬和激活 ◇

这些年因各种机缘的行走,我踏访了不少古村落。这些古镇古村在浩大的中国承担和呈现着不一样的功能,比如景区形式的乌镇,民居博物馆形式的晋中大院,分区保护方式的丽江束河镇,更多乡野民间的古村落则维持着当地原住民生活的原生态方式。而由一波波学术界、文化界和地方政府发起的古村落保护开发现场传来信息:古村落的保护和拯救是一个大工程,保护古村落就是保护我们的家园和文化。

然而在实际的行走中,我也感受到一个普遍的难题:村落空巢化。一些僻野村落隐在青山碧水间美则美矣,却少了生机,半天不见一个人,年轻人都去了城里,徒留一个空村和二三枯坐的蹒跚老人。倘若没有留下来的吸引力，年轻人当然要往城里走。城里有干净便捷舒适智能的生活，孩子在城里上学也放心很多。似乎这是历史的必由之路，我们都有对美好生活的追求，我们和世界其他任何国家一样要走城镇化和城市化的道路。那么古村落的保护怎么落实？有没有更宜居生态的方式吸引年轻人返乡创业？怎样在尊重村落文化的同时切实改善乡村的生活质量？

有一点当是共识：我们对古村落的保护和开发，不该仅仅只是"礼敬"，像博物馆一样以景区方式把它展示出来。房子是要人住的，尤其是那些山野间的老房子还有人烟，还有山林茶园和农事稼穑……那这个难题如何解呢？对，理想的古村落，要有生态的环境，有传统的历史，有现代化的生活，如此才称得上美丽宜居。

碰巧今年走访了两处古村落——福建的屏南和浙江的松阳，感觉空村现象在改变，我看到了一些年轻人的身影,他们可能是建筑设计师、民间艺人、现代化企业管理者、志愿者组织、来自高校的专业团队……一群怀有理想、情怀,带着创业梦想和智慧才情的年轻人投身到了乡村。他们其实是现代版的"中国乡贤"。他们把全新的理念和生活方式带入了乡村。新的民间力量、乡村秩序和产业形态正在重构乡村。

比如浙西南的松阳古村落,完全刷新了我对江南传统村落的见识与想象。去松阳前,我脑海里有对徽州、婺源一带古村落的认识,不外乎白墙黑瓦、翘角飞椽,再加上"修旧如旧"的祠堂庙宇、"烟雨迷蒙"的油菜花田、村口半亩"标配"荷花池塘……在古村里走一遭,家家户户卖一样的土特产,摆在一起眼花缭乱,却生不出探看的兴致。这些做工粗糙的小物件,你能在江南大地角角落落的古镇古村里见到。

松阳的古村落却是另一派古典。松阳传统村

落大致分两种：平地村和山地村。平地村分布在瓯江上游松荫溪两侧的松古盆地内，因地势平坦、农业条件优越、交通相对便利，大多破坏严重；反而那些交通不便、经济又欠发达的山地村被很好地保存了下来。我要说的就是这样一些古村落，它们"或居高山之巅，或隐于山水之间，或坐落溪流之侧，或掩映于竹海古树中。阶梯式、台地式、平谷式、傍水式和客家传统村落在松阳山水间交相辉映……"（鲁晓敏著《历史大视野中的传统松阳》）这样的村落有一百多座，错落层叠在数百座千米以上的山峰间，可谓占尽山水之形胜。我在这些古村落里行走或远望，俯仰之间，感受山的深秀，云的壮阔，老树的无言沧桑。散落其中的，就是成片成群的民居，黄泥墙耀目，白墙黛瓦朴素，黑石墙基粗犷，吊脚楼别致，这些和山水自然浑然天成的村落一级级沿着山坡向上延伸。这样的美是可以接通心灵的。我的脑海里无由想起一句故乡的"赞美诗",来自熊培云散文《追故乡的人》:"乡村是一道道通往天空的山坡。没有那些杂草丛生的山坡,我不仅难以依偎地球,而且真的无法抵达天空。"

乡村的美是要懂得美的人来呵护的。我在松阳看到了这样一群才智技能和情怀兼备的年轻人。他们中的多数生于斯长于斯,认同家乡的礼仪之风和悠久人文,热爱家乡的茶园、山坡、溪流、林石,乃至神灵般护佑着祖祖辈辈的祠堂庙宇和参天老树。他们依托村落的美,开发出了同这美深度契合的民宿——听听这些诗意的名:云端觅境、云上平田、酉田花开……也只有亲临了,眼睛和身心感受到了,你才会打心眼里佩服这些年轻人。我在云上平田看到草木染的丝巾和团扇,美得惊心,忍不住用手去摸,纯净柔软,散发草木的清香。还有一种竹子做的牙刷和筷子,上面刻着好看的中国字:山家清供。

传统需要礼敬，更需要激活。怎么激活？我在松阳看到了点点滴滴渗透在细节里的"乡村美学"。美在松阳不是无中生有，而是由"向自然索取"，转向"与自然共生"；那些古村古迹古树并不遥远，就在你身边，随时一个转身，你就能感受到与古人对坐的呼吸与节拍。

我知道，像松阳这样的民宿在浙江还不少。民宿的开发，会否在倡导一种全新的生活方式的同时，创造出一系列独特的乡土文化保护措施、一种和拯救老屋行动呼应的乡村美学？乡村不是只有"农家乐"，乡村还有山河和众生，有郁勃着的生机和我们的性情与自在，有我们的生和死、苦难和悲痛、过去与将来……在中国，乡村还意味着一种文化和信仰，是从《诗经》《庄子》《楚辞》、汉赋、唐诗宋词以及山水画里一路营造出来的精神家园。

我们常说"礼失求诸野"，这个"野"在民间，也在民间的一乡之士、一乡之贤。民间孕育人文的大自然。所以我们还有句话：反而求诸己，文武之道，未坠于地，在人。

◇ 斯文在野 ◇

走进中国的深处，有多少可居、可游、可望的城乡村镇正悄然发生着变化？还真无可尽数。有机会身处其中，我总有一种追故乡的心情，感受街道上的生活，探进互相借景的院落，在戏台老树前驻足，俯仰之间，在在是诗与它的山河。

地图上看，苍南濒东海，浙闽交界，处浙江沿海的最南端，隶属于温州。如果不是两天的漫游，实地走一遭，恐怕我一直囫囵成了温州——苍南在温州嘛。可苍南，又不尽是温州。网上有个好玩的帖子：苍南人出了省，人问他是哪里人——温州人？浙江苍南人？还是浙江人？网友们的回答五花八门，一不小心炸开了锅。焦点是，作为"城里人"的温州人，和作为"乡下人"的苍南人互不买账。说来是惯常偏见，从文明和教化的角度，居于城里的人总觉多了一层优越感，眼界心态上更认为自己是引领和引导潮流的人，这样一个印象派式的定见，为什么到苍南人那里就意难平了？这让我好奇。

从上海虹桥火车站坐高铁出发，四个小时就到苍南了，真没料想如此便捷。苍南设有全国首个县级动车始发站，每天五十多趟动车始发或停靠苍南站。一个县设一个动车始发站，苍南人的自豪是有底气的。还有，苍南写下了很多个"第一"和"之都"：中国第一座农民城、中国第一条私人承包经营的客运航线、中国印刷之都、中国塑编之都、世界矾都……这些响亮名片给初来乍到的旅人一个印象：苍南人有钱，苍南人务实肯干，敢为天下先。苍南就是温州的一个样板，苍南的金乡镇向来以商品经济发达闻名，是"温州模式"的发源地之一。父辈们创下的传奇余响了几十年，如今他们的子女也到了父辈当年创业的年纪，在这个需要温故知新的时代，年轻人又该怎样书写自己的传奇？

　　第一次踏进苍南，我其实更想看看陌生的一切，山水、人文，尝尝海鲜。苍南靠海……第一站却是一家书店，还不是一般的书店，取名"城市文化客厅"，县城热闹的中心湖广场烘托着这幢宽展的两层楼玻璃屋，远望灯火璀璨，走近安宁祥和。猛抬头，一屋子的读书人，还都是年轻人，看书听音乐默坐神游小声交流，二楼有咖啡屋、影音空间、读书沙龙和独立书房，也是一派温宁。来这里看书据说都免费，不单县城，每个乡镇村都设有民间众筹的文化客厅，一盏盏阅读灯点亮在山陬海隅的苍南。二楼书店"半书房"，我在翌日霞关镇的渔港老街又相逢，店名"半书房·在山腰"，店主人七〇后，中文系前语文老师，因为老爸爱看书，而她童年的记忆里，小镇四十年没有一家书店，开一家书店的梦想就此萌芽了。从清理破败老屋，到设计、施工、软装、展陈、给书籍分类……每一道细节每一个难题她都亲手参与自己解决。我在敞亮书店里徘徊，顶天立地层层木架子上的书，携带着这样的气息：家园、老爸、诗歌、言语、海洋、植物、孩子……这些关键词一样的美术字妥帖地与书为伍，你一抬头就和它们心神交会——"世界的改变不是因为一个人做很多，而是每个人做了一点点"。县城中心湖"半书房"墙上的这句话真好啊，不动声色释放着浑然朴素大气谦和的美。

美需要照亮。可是，"质胜文则野，文胜质则史"，如何把好一个度？孔子认为，"文质彬彬，然后君子"——美就是文质彬彬，君子般温润如玉，是时间之釉造就了它。进入桥墩镇碗窑村，深秀层叠的古村落依山而筑，一步步从狭窄石阶转到碗窑博物馆，我被镶嵌在脚下、用玻璃罩保护起来的一角青花碎瓷镇住。瞬间，一道亮光从身体里划过，如同时间的河床，耳边旋起汩汩潮汐。多么熟悉啊，那也是我小时候用过的碗。抬头，我和满架子有年代的碗盘杯盏照见，明万历、清雍正青花小凤斗，五代时期瓯窑土碗，都是日常民用之物，朴拙古静，那碗盘上的花草鲤鱼鸡和鹅，也出现在我童年故乡的河岸坡地边，兰草还散着幽香，蜻蜓飞立枝头，喧天蝉声鼓噪着，一只公鸡大喇喇地亮起翅膀……

时间停住了，山地瓦厝也好像停止了生长，龙窑的火已封上，古戏台前的三官宫香烟袅袅，客商等着渔鼓开篇，烧窑的出窑的画花的，所有的人都在等待一场"窑变"。碗窑村，这个明清时期生产日用瓷的古村落，它抵抗住了时间，时间赋予它包浆，那些碗啊盘啊盏的，它们源于实用又超越了实用，由野而文、而礼，它们和青山溪谷老屋相生相伴，以大地博物馆的形态，袒裼沧桑，穆然深思。

到处是时间的痕迹。矾山镇的矾矿遗址，如今是明矾采炼的活标本。昔日商贸往来频繁，山间草木不生，矿工们个个是"石老鼠""钻山豹"，早晨出门不知晚上归的提心吊胆，"世界矾都"是以生命代价和滚滚烟尘换来的。古老矾村需要点石成金——金子的金，也是金色的金，金色是颜色亦是光，光照世界，以"文"明之。"矾山上长出了草，现在矾山绿了。"同行女孩顺手一指，远望山河草木葱茏，那也是女孩的故乡。

依托矾山采矿而世代聚居的福德湾老街是另一处时间的痕迹。清末起，采矿工人从山上慢慢往山下发展，浙南山地坡转路陡，村民们就地取材，垒石造屋，老街在山岭间蜿蜒，一个抬步，就遇见一座老房子。升级改造过的街市开张了，我们在一家老字号店里品尝了矾山的肉燕，当地有名的燕皮馄饨。矾山与福建的福鼎市交界，饮食风味更接近闽菜特色。觉得好吃，同行友人当即上网下单快递到家。老街居民一部分搬空，去了更舒展的平地街区，也有留下开店和守店的，留下和离开的，都是为了更好地回来。究竟,故乡是身体的,也是心灵的,我们身体里的故乡永远需要一个心灵的出口来安放和纾解。

我发现了,大地博物馆形态的碗窑村、世界遗址公园样貌的矾矿古镇,还有金乡的抗倭卫城、蒲壮所城,所见尽是过去的时间,手工业时代的废墟遗址、烽火抗倭时期的城门关寨,是历史也是时间和命运,智慧的苍南人悄然开启了礼敬传统、激活历史的新一轮创业——也是创新和创造,生态的、人文的、可持续的。以前的创业是形,现在是神;以前更重物质,现在趋于精神。有了经济做基础,苍南人得以形神兼备写文章,"文质彬彬,然后君子",家园也是一样的啊。

那天在矾山镇吃晚饭,给我们端盘子上菜的是一个九〇后大眼女孩,店主介绍说是厦门人,女孩冲我们甜笑招呼,真的是,有了动车,厦门到苍南也就三小时。有些变化是时间养成的,比如文和质的转换，如同烛照，一层层晕染，由内而外。当年写下创业神话的苍南人（也是温州人，中国人），如今他们的子女辈接起了新使命，时间可以将废墟潜移默化成安所遂生的新家园。

上世纪三十年代，潘光旦说过一段发人深省的话："中国的教育早应以农村做中心，凡所设施，在在是应该以85%以上的农民的安所遂生做目的的，但是二三十年来普及教育的成绩，似乎唯一的目的在教他们脱离农村，而加入都市生活；这种教育所给他们的是：多识几个字，多提高些他们的经济的欲望和消费的能力……至于怎样和土地及其动植物的环境，发生更不可须臾的关系，使85%的人口更能安其所遂其生，便在不闻不问之列。"——实在是醍醐灌顶啊，时间过去了九十年，这深刻的提醒终于起了逆转，眼前所见，正是斯文在野，美的在场。

河流的方向
——半篇建德游记

我是到了建德才意识到眼前的新安江就是我曾在桐君山上眼望的富春江，也是二十多年前大学毕设时和同学们登六和塔爬凤凰山，在山顶上看到的钱塘江，江面宽阔浩淼，没有无边落木萧萧下，但见江水独往来，真真的山高水长。新安江—富春江—钱塘江，说的是同一条江，它的源头在皖赣交界的怀玉山脉六股尖，流经安徽的休宁、黄山、歙县及浙江的淳安、建德、桐庐、富阳、萧山、杭州，一路奔腾，最后汇入杭州湾，东流入海。

总长不到六百公里的江被分成了上中下游三段，上游新安江，中游富春江，下游钱塘江，此行若不是去看新安江水电站，不是因为一场台风急雨滞留在了梅城的街巷,可能我对这条河流的印象不会这么深切。在崇山峻岭间蜿蜒奔涌的江河太多了,每一段都锦峰秀岭,云海苍茫,青山妩媚,而桐庐富阳段的富春江,因为严子陵和黄公望,几乎成了中国山水的一个象征,它是一条江,也是一个传统,是地理的也是人文的。这个意象太强大了,多少后来者路经此地,或潜隐于此,或由此走出,都试图以与古人对坐的心情来读懂一条江,来安放自己的生命乃至时间和命运。富春江就是中国文人的"呼愁",一再地被现代人诠释。由此而生的对山水的书写,成了中国文学的一个传统。山水在中国人的世界里有一种寄放在,是可以寄放我们的性情和自在的精神故乡。故乡可以是乡村,是城市,是中国;故乡也可以是童年,是一座山一条河,是中国传统的山水。

此刻我站在这条江的上游,从安徽屯溪到浙江建德梅城,总长度三百七十三公里的新安江畔。江水绿如蓝的清澈，水面波光点点，若是雨后或早起时间，还能梦幻般感受"白纱奇雾"的景象。白纱也是白沙，没建水电站前，这里有个渡口和小渔村叫白沙渡，新安江水电站就架在这片山岭间。我是奔着水电站来的，这个传说中"新安在天上"的水电站，并没有我预想中的波澜壮阔，站在它面前，我也感受不到"一滩又一滩，一滩高十丈"的视觉落差。所见总是有限的，还充满了偏见和误解。问题不在这里，而是我还不能走进这条河。它是一个景观，十七度恒温水的景观，"农夫山泉有点甜"的景观，还是大用于发电，兼及灌溉、防洪、航运、旅游、水产养殖等多种效益的景观。从河流的角度看，它都是伟大的，它被物尽其用了。河流奔腾不息，只为两岸子民，河流超负荷工作，夜幕降临，新安江上飘来一艘庞大游船，人们登上三层甲板，两岸清风习习，驶过处，虹霓闪烁的灯光变幻出各种造型打在桥岸和山树间，不知归林的倦鸟是否因此更改了作息,还是已然习惯这忽闪骤亮的黑夜?

很快我的偏见得以纠正,上水电站坝顶时,解说员在电梯里提醒,这八层电梯有八十一米,相当于二十六层楼房那么高;我们刚见的拦河大坝因为呈倒梯形,上宽下窄,所以视觉上造成了一种错觉,其实坝高有一百零五米,海拔高度一百一十五米。我站在坝顶看到了一帧明信片——手机信手一拍就是一幅"江上数峰青"的山水图卷。水电站的拦截,造就了这个烟波浩渺岛屿点点的千岛湖。淳安老城在水下,峻急的水流和险滩被大水收复。陆地和岛屿在时间这双大手的拨弄下沧海桑田,山化海,人变鱼,新安江在天上,天上就是水下,无依无着的眩晕感。人对河流的利用总是具有很强的实用精神和应变能力。

我脑海里漫过一个个从唐宋走来的歌者,陆游、杜牧、李白、刘长卿、孟浩然、范仲淹……他们都在这条江上留下过诗文,这些诗文成了今人礼赞这片山水最理想的范本。"野旷天低树,江清月近人"是孟浩然的看见,"有家皆掩映,无处不潺湲"是杜牧的看见,"人行明镜中,鸟度屏风里"是李太白的看见,说的都是新安江,我在三层甲板上仰看云天时,友人脱口吟出伟大诗人的名章佳句。我在古人的看见里"看见",古人的看见就跟我在水电站坝顶看到的"明信片"一样,被无限量印制,无限量售卖,诗意栖居被印刷成标准体,理想生活打了折,伟大的诗人们也被打包消费,似乎当年"孟浩然们"的诗意人生就是游历名山秀川,而诗人的漫游是如此的清风明月逸兴洒脱,他们漂泊路上的困顿失意、羁旅愁思、杂芜混乱和道阻且长可以一笔勾销。河流是见证者,可是河流不舍昼夜奔腾无言。

一场急雨把我带到河流的腹地,梅城就是新安江的腹地。我在桐庐桐君山上的那年原计划访梅城,车开到钱塘江大桥时,一场大雾流沙般袭来,浓雾瞬间笼盖四野，车在桥面披荆斩棘，这就改变行程和她失之交臂。此刻却是一场大雨让我滞留梅城，同样的猝不及防。我躲到屋檐下，一个转身，和一列玻璃柜子照了面，黯然陈旧的一家烟纸店。晦暗柜子里躺着一包包纸烟和本地产的牙膏肥皂蚊香电池风油精之类的日用品，凑近了瞧，小时候熟悉的那些纸烟牌子竟都见了踪影。旧门面旧杂货，店主打着赤膊坐在朝里的小板凳上看电视，小彩电正播着电视连续剧《三国演义》，也是上世纪的产物，熟悉的声腔和表演——扑面都是七十年代照相馆里的彩色定妆照。时间在这个小店里突然停顿下来，记忆被唤醒，我仿佛看到自己的童年。我的驻足惊动了守店老爹，他拖出一个方凳子邀我坐，我客气地谢绝了。其实我应该坐下，有一搭没一搭地跟他说说话，可是我却没有勇气走进他人的生活。

这是在府前街的一条小巷子里。周边都是低矮老房子，天际线被横陈挑高的老旧电线切割，沿街店面也都是流通于一个古城的生活用品，衣服拖鞋电器小鱼干梅城晒面睦州烧饼老年看戏机移动DVD小电视机……一概老人守店，不见年轻人影踪。这个老城有一千七百多年历史，三国吴黄武四年时就设了县治，以后又成为州府，名曰严州，严州也叫睦州，严州有刻本，睦州传诗派，梅城半朵梅，名字变来换去，古今多少事，都付烟云中，我们对历史的打捞总是局部的碎片的，受制于时代却也能照见今世和昭示未来的，历史在如此往复中回溯更替，东流的江水却一去不回。

  我站在一段城墙上远看，梅城地形揽山抱水，北靠乌龙山，汤汤新安江和南源支流兰江在城下汇合流入富春江，这位置被称作"扼三江"，确然是新安江的腹地。在老街上走过，一些亭台楼阁和商贸的影子可见，城门码头牌坊和巷弄的布局也可辨，都曾是水运繁华的见证。明明藏风得水条件独特，梅城的时间却像是停摆在了上世纪，为什么？

答案是水电站。上世纪六十年代,因为新安江水电站的建成,建德县城从梅城迁到了白沙,这个叫白沙渡的小渔村发展成了今天我看到的灯火璀璨的新安江城,年轻人陆续在新城安了家,梅城搬空,留下的都是不再有时间观念的人,他们都生活在过去。

可事情没那么简单。府前街两边店门林立,一些新时尚正慢慢渗透着古城的生活,有的徽派老建筑门头已被修复,是不是要不了多久,这里又会重现一个新古城?我在欣赏古城的安静朴素、对老旧店铺感到亲切时,古城人是否真的安然于它的破败和黯淡?如果我不是一个偶经此地的过客,我是生活其中的梅城人,会安然于落后时代,让生活继续保持小时候的样子吗?我没能接受守店老爹递来的凳子,是不是一个下意识的暗示?梅城人其实也不想被遗忘。

曾经,水网密布的河流就是我们今天的公路

网、航空业和互联物流。梅城作为水运交通枢纽，担负过江船交织熙来攘往的码头重任，当河流不再是交通物流的要道时，河流被彻底解放了，不堪重负的泥沙垃圾得以清理疏通，河流不再淤塞和脏污，它变得清和轻了，它重又焕发活力。这是文明的重新洗牌，也是河流的重生。河流的方向，就是文明的方向。新安江十七度水的纯净和宜人就像是一个宣言，它是绿色的，生态的，有益于现代人的身心和生活的。河流浩浩汤汤，从源头到海洋，大地万物生生不息，河流是见证者参与者和推动者。河流的方向，终究还是家园的方向。家园是河流的第三条岸。河流伸展出无数水系，可是，最终，它要缘岸而生、随物赋形，这是河流的使命。

◇ 读泉州 ◇

泉州采风的两天翻完了报到时会务组送上的《文学名家看泉州》一书，目录里赫然两列熟悉亲切的作家友朋，按图索骥跟着众名家称道的美景路线走了一遭，也吃了一圈来泉州必点的美食小吃，脑袋里冒出一个傻念头：既然已经有那么多的美文写泉州，把泉州的角角落落、古风古韵都夸了一遍，为什么还要费心劳神再请一拨人来写泉州？如此，回来后就把泉州丢一边了，不是不喜欢这座城市，也并非对它了无印象，此番心情有点像大观园的夜宴，也是上元赏灯，到底灯谜逐一猜着了你才姗姗地来，究竟意兴阑珊。

有一天傍晚在阒静的马路上散步，两旁大厦林立，偶或抬头，一树树广玉兰正繁花恣肆，白玉如云霓裳片片，紫花似霞端雅娇俏。在花树下伫立，不由咿呀一声，惊起——原来是春天到了呀！脱口就跟身边人道：还是喜欢上海。此话一出，心头竟念起泉州来。这是为何？原来我所在意的，竟是一个"静"字，或者换一个说法：独处的空间和距离感。

泉州太闹了。这座"被海丝塑造的"古城，人的烟火和神的香火一样生生不息，寺庙、宗祠、古迹、宫观和民居、街巷挤得是那么近，随意推进一家红砖古厝就和斑驳石塔照了面，这塔据说是古泉州城的中心，被唤作城心塔；随意一条巷子，小学边上一墙之隔就是寺庙，走几步却又是游人众多的文庙、剧团、名人宗祠和故居，热闹的美食西街更是一抬脚就进了一千三百年前的开元古寺；穿街走巷有各路神明护佑，屋顶上住着龙，门口蹲着石敢当，床下有床母娘娘，古厝里还有土地公和灶神……真真不止举头三尺有神明，市声、书声、钟鼓法音声，佛教、道教、基督教、伊斯兰教、印度教、天主教和各种民间信仰，如此神奇地相安于一个时空。我有些好奇，这么多神明挤在一起，虽各司其职，但是倘若前来祈求的人们这里求了签，那里行了礼，别处又上香叩拜的，究竟哪处说了算？众神之间也会互通声气吗？

有天清晨在酒店附近散步，兜兜转转踩进一条胭脂巷，好几户人家房门洞开着，巷子里袅袅着烟火气息，一抬眼，就见一座小神龛，不由定住，感觉惊扰了哪位先人，正进退两难，就和屋子里的人照了面，看她怡然的神情才算安了心。寻思着，这些毗邻而居挤在一起的老居民，他们早已作古的先人们因为有了家人的惦念和不变的巷弄古厝，定是常来这里串门聊天吧。这个厝字，正是闽南人的标识，古意是"安置和停放在院子里的棺木"，闽南人把它引申成了"房子"和"家"，生和死如此喜乐地团聚在一起，死不再是生的对立面。更别致醒目的是，他们还发明了用一种特别鲜亮的红砖造屋。泉州两天，我眼睛里满是这种吉祥的红，无论是有弯曲起翘的燕尾脊、俗称"皇宫起"的宫殿式大厝，还是老街窄巷里红砖白石交织分布的古厝墙，一概热烈喜庆、富丽堂皇。

恰逢上元灯节，各色红攒攒的花灯排箫般高挂。天后宫外，一抬眼就跟灼灼烈火般的刺桐花照了面。我还是头一回见识这种长在高大乔木上的红花，一簇簇争着往上长，像是某种飞翔着的吉祥鸟，飞翔的姿势一路向东南，中国的东南，亚洲的东南，海风迢迢的东南，那也是一个海外游子所有的乡愁。这飞翔着的在时空里永不停歇的吉祥鸟竟似泉州的象征。泉州的市花就是刺桐。

如果用颜色来形容一座城市，泉州无疑是刺桐的红，红砖厝的红。还应该有蓝，海丝古韵的蓝，无愧"东方第一大港"古誉。红和蓝正是这座城市的精神底色，也是泉州人性格的一部分。你用这种颜色去形容江南简直不可能。红不用说，蓝也不是一般的蓝。江南的蓝是靛蓝，草木蓝，——当然是江南的草木，柔软沉潜的部分多过温热海风的蔚蓝炽烈。泉州人的性格里有一种不甘寂寞的闯劲，街头店铺常会飘出一首闽南歌《爱拼才会赢》。先生的姐夫是台湾人，这首歌也成了我的条件反射——闽南腔的音乐一起，耳朵里胀满闹闹的"艾饼再灰银"！方言确是一把打开故乡的钥匙，同样一个词，闽南语会延伸出多个涵义，比如菠萝，闽南话又叫"旺梨"，所以闽南人做羹汤炒菜都爱放菠萝。我有幸在泉州和姐夫家都吃过旺梨羹旺梨酥。闽南人爱拼敢闯更爱旺，旺是他们的口头禅和生活佐料，既讨口彩，又饱口福。这跟他们拜佛拜神一个意思，既是形而上的，也是形而下的，是出世也是入世。日常生活里的一切，无论寺庙里的行礼如仪香火升腾，还是老街窄巷里还在用着的"聚财井"，或是海外姑母寄钱来给侄子造房门楣上留下一句感铭，更多古厝的门匾上刻着"陇西衍派"（李姓）、"清河衍派"（张姓）、"三省传芳"（曾姓）等等标目姓氏家族和来历背景的堂号……泉州真是一座色香味俱全、众生喜乐的城市，泉州人懂得变通，择善而从，这正应了普利兹克奖得主、印度建筑师多西一句话："当生活方式和建筑融为一体时，生命才能开始庆祝。"

而当我站在玉兰花树下，那一瞬的清寂欢喜，也是真实的。于是想，我们今天很多城市的空间已经习惯了把人从外面推到里面，门一关，独成一个世界，不再是小时候的弄堂石库门那样把人从里面推到外面，大人小孩各有聊天八卦倾诉玩乐家长里短的乐趣，各种无间的交流都在弄堂里进行。究竟，怎样一种生活是我们所向往的？

也许城市和人一样，都是一个复杂多面体。我在泉州提线木偶剧团看到一个叫《命运傀儡》的小演出，一个小小木偶头，披上僧衣，拴上绳线，技艺纯熟的提线演员一拉一提，傀儡活了，舞台上一静一动都充满了复杂的表情,眼睛里有丰富的心灵。人偶一体,舞台下的我们,看到的是自己。命运傀儡轰轰烈烈地活过,有一天受天籁之音神启,灵魂突然就醒了,提线演员问他——也是自己问自己,傀儡摇头,两难中一步一步放弃了昨日的声色犬马,走向重生般的未知,另一个更好或更坏的自己。

  一座城市和他命运的友情,不跟舞台上的傀儡一样吗?我们总在活出自我和人间烟火里矛盾纠结。矛盾本身也成了生生不息的活力。也许,这也是我喜欢着自己的城市,却又念念起泉州的原因。

◇ 一日因果 ◇

天气好起来。初见新年第一缕阳光。决定出行。驱车往苏州。中途停古镇甪直。

漆黑门面一路关张。拐进一条寂寥太尉弄,蜿蜒穿行,猛抬头,豁然开朗:嗬,这才是古镇原貌——沿河两岸,铺面林立,店招飞扬,游人摩肩。阳光一览无余,铺排在那些闪着亮片的饰物上,晃得人眼花缭乱。保圣寺一墙明亮的黄。余烟缭绕。一早敬香的老妪,三三两两走在老街上。一律大红或大绿的方巾包住头。臂腕一个空篮子,笃定地说笑着。

古镇河道交织。穿巷走桥,很快迷了方向。三人夹杂在本地村镇的人群里,闲走乱看。一些年轻女孩,寒天里不怕冻,一袭白纱,裸着胳膊,穿成古装里的仕女，手拿团扇宝剑，摆成各般姿态照相。看她们妆后的脸，浮白着，平地一树假花。真真不美。

暖阳下，三人在香花桥畔吃奥灶面。简易长条桌凳。桌子铺了蓝印花布。边沿就是河道，摇橹小船悠悠自桥下过。等着面上来，也不急，晒着太阳看对岸的保圣寺。香花桥上流动的人。古旧的屋瓦。屋瓦上的三路神仙。一排柳树已爆出芽。面店的鼓风机呼呼响，大锅里热气蒸腾。狭长河道贯通西汇下塘街。

吃完面，驱车继续往苏州老城，车停东北街。这一带集中了苏州博物馆、拙政园、狮子林。博物馆门前排起了长队，为一个明代皇家古文物展。拙政园售票处也人满为患。小旗子到处晃，小喇叭到处响。本应清静的私家园林，哪容得下如此喧嚷拥挤。遂罢了游园的念头。在街两侧铺面小店驻足。苏州人过年有卖鲜丽水果的。绿叶铺就的篮子，盛满蓝莓、草莓、杏子、青枣，红的红，紫的紫，翠的翠，黄的黄。一派姹紫嫣红、烂漫金黄。养了眼目，吃却不敢苟同。鲜果子似在糖水里浸过，堆叠得好看，面上却蒙着一层灰。若这"糖水"，还是色素勾兑，那可真煞风景了。

夕照时分，驱车往观前街。转转绕绕，竟开到一条因果巷，可是个好名字。就定在因果巷入住汉庭酒店。放下行李闲逛观前街。已然不见老街的影，哪里都簇新。簇新的街，簇新的店招，簇新的百年老店。得月楼预订已满，遂去隔壁王四酒家吃晚饭。明知菜贵得离谱，也不想找了，坐下点餐。鱼面筋咸，梅酱排骨甜腻而不新鲜，炒面很快冷下来，亦是咸。生意却空前地好。门童一直在拉门关门。总有游人投奔而来，等座也不抱怨。

饭罢兴起，去采芝斋茶楼听苏州评弹。终究是入乡随俗了，感受一回吴侬雅韵。时候尚早，我们是第一拨新客，被接迎到最好的位置，正对戏台。

戏台形制小巧，仿成亭台楼阁，青琐绮疏，雕梁粉壁。一棵大树也是仿的，繁密枝叶浓绿，灯晕里投下漫漶的影。又来了三两人。我们的茶也上来。一叠声"新年好"的吴侬软语，娇俏着身子，高跟鞋"咚咚咚"地踩出活泼。是今晚单档的女演员。很快地换了衣，一身红底印花旗袍。卷发绾在后，脸容精致，开成一朵花——菊花，招呼来客点戏。生动利落。

唱戏的女演员脸都生动。昆曲的像兰花，京戏似牡丹芙蓉，越剧有梅花的影，沪剧堪比白玉兰，评弹就是菊花了，一瓣瓣围聚在双眼间，每一丝都笑得好看。好比曲子里的那些唱词，郎呀妹，秋呀思……"云烟烟烟云笼帘房；月朦朦朦月色黄昏……"声声婉转，娓娓道来。轻清柔缓，弦琶琮琤。从盘古唱到而今。朝欢暮乐，紫薇相对。

女演员唱唱歇歇。没人点曲，就与侍茶的闲话。这一晚，老客新客都不会多。茶淡夜凉，是该回旅店了。三人裹紧了大衣往夜色里去。

夜色里的观前街,一扫白日嘈杂,变得静谧婉约。玄妙观前走过,深红漆黄的门墙一闪,虚静的不可言说的幽秘。脑海里浮出一句话:"子不语怪、力、乱、神。"

今晚,我们住因果巷。

◇ 看山 ◇

从来山是要登的。登山看山，身处山中，才觉"横看成岭侧成峰，远近高低各不同"。而眼下这狼山，雨天里兜头扑面站定，不禁哑然：这是山么？百多米的高度，抬眼即望穿了山顶，称海拔近乎可笑。还有这山名，真就粗粝得愣头愣脑，余秋雨在《狼山脚下》文中形容狼山这个名字"野拙而狞厉，像故意要与江淮文明开一个玩笑"。

于是随性乱看，不意闯进一座千年古刹——广教寺。行行复行行，始觉这山寺的神妙，而狼山，恰也应了"山不在高，有仙则名"的古话——在中国佛教名山的历史中，除有四川峨眉山、山西五台山、安徽九华山和浙江普陀山"四大佛山"外，还有历代相传的"八小佛山"。我们熟识的如：南岳衡山、中岳嵩山、江西庐山、陕西终南山、北京香山等等，着实没想到，"江苏狼山"竟位列这八小名山之首。

狼山的声名，确乎有它的不一般。不一般在哪里？想是与佛教的渊源有关。

这就要说到广教寺。广教寺建于唐总章二年（669年）。这一年，武则天四十六岁，虽垂帘于幕后，实已替高宗当政。这一年，"初唐四杰"的卢照邻秩满去官，离开蜀地，寓居洛阳。在蜀地时，与同是"四杰"的骆宾王往还唱酬。十五年后，骆宾王以一纸讨武檄文帮助徐敬业起兵讨伐武则天。这年十一月，徐敬业兵败被杀，骆宾王下落不明。对骆宾王的下落，历史上有被杀说、逃亡说、投水而死说、灵隐为僧说等等，纷纭不一。令我意外的是：这骆宾王墓，就在狼山东南麓。

我是在回来查阅资料后，始知唐骆宾王墓就在狼山脚下的。虽因寡闻而擦肩，却也在错失中生出浮想与浩叹。骆宾王不是南通（古称通州）人，客死他乡之时，狼山上的广教寺还不叫广教寺，据《通州志》记载："唐总章二年，由上建大雄宝殿、殿阁、方丈室，山在巨浸中，设舟以济，号慈航院，后改广教寺。"

哪一年改的呢？后周显德五年（958年）。这一年，南通建城，慈航院改名广教寺。如此看，南通城的历史，起码要晚于狼山近三百年。骆宾王时期的狼山，还孤悬在一片江海中。从地图上看，长江到这里快走完，即将入海，江面变得平阔浩渺。不知骆宾王当年有没有登临狼山，有没有如北宋王安石那样登山观海赋诗？

历史也有重叠，并没有唯一的真相。我们不妨想象，有一天，他山顶远望，南边是浩荡江天，北边是无垠平川，东边远处是迷茫大海。举首四顾，海阔天空；长啸一声，山鸣谷应。俯仰之间，诗人是否有过归隐之念？对骆宾王的下落，一些野史都持"灵隐为僧"说,甚而还敷衍出小诗人宋之问夜宿灵隐寺,月下得青衫老僧两句好诗:"楼观沧海日,门对浙江潮"。此老者,正是落发为僧的骆宾王。

我们自是不必对野史里的故事和传说较真。有没有灵隐为僧或月下接诗,骆宾王还是那个诗才令武则天也为之折服的悲凉之士。狼山脚下的骆宾王墓竟似一个注脚——呼应了他在《于易水送人》里的两句诗:"昔时人已没,今日水犹寒。"

不必回避这"寒"字,今日狼山摩肩的游人,无有例外都是冲着古刹缭绕的香火的。如此甚好,长眠于此的骆宾王,虽孤坟一座,却受着佛祖的庇荫。听不见没用的大声,却听得到小的声音。

狼山与佛教的渊源,自初唐始,距今一千三百多年。广教寺一寺两供奉,既是"西方三圣"之一大势至菩萨的道场,也是"大圣菩萨"的道场。广教寺的神妙,在于那些大殿、楼塔、碑亭不是密集分布，而是山上山下纷披错落。如山下法乳堂（大雄宝殿）隐在树林间，依山势而建，堂庑精透，设色雅净，檐山上的金箔了无俗气。虽是毁后数度重建，却葆有了一份宋代禅风的幽邃。想着雨天或向晚，喧嚷的游客退净，站在堂外远望，两边山坡上，每一棵树都沉默着，如同山的隐衷，而鸟鸣声则铺天盖地。这亦是一种神力，令人想起经书上的话：无所念者，是名念佛，念佛即念心。

这么想着，狼山竟也变得生动和饱满起来。鼻翼间，一股幽明沉香。

◇ 千山归一山 ◇

掐头去尾，我在信宜待了四天。这四天，留在我脑中的记忆，就是围着山转。第一天，从山脚到山坡，看到满山坡的李子树，李子正披红挂银，蓄积能量等待最后的成熟，深浓绿意中裹藏着一个产业的秘密；第二天，由山麓到山腰，沿石根山台阶一级一级往上攀，停下来喘息回望，眼前青山连绵，千峰叠嶂，村落点点；第三天，继续山中行行复行行，见识松林下的南药经济；第四天，车子盘山绕行数十里，直达海拔最高峰大雾岭，登顶之际，山雾弥漫，山风浩荡，好比山的隐衷，云开山脉不轻易露峥嵘；中午，缘山而下，在一处简易茶场停留，不意邂逅一款神奇石崖茶，给短暂的山行留下一缕清劲余音。

如果不是朋友邀约，地处粤西的信宜，于我大抵是一个盲点，中国有多少这样的县级市养在深闺待人识？说是城市，从属于广东茂名的信宜，更像是散落在青山绿水中的村镇。我就是这么走近信宜的。这是一座被青山环抱、也被青山涵养的城市。时间护佑了它，一切都刚刚好，绿水青山就在那里，没有因为走得太快而来不及刹车，整新如旧推倒重来。

先说李子。我在无锡吃过甜如蜜的槜李，熟透了的果肉破一点皮直接吸，甘美如饴。我也吃过李子的阔亲戚布林，个头超大，颜色深黑，摆在超市里很诱人。据说布林是中国李和欧洲李的杂交，混血儿都好看。我也吃过母亲栽植的江南土李，宅前屋后随意长，个头参差，吃到甜的那是鸟口留情。信宜的李子有名有姓，姓三华李，名银妃。"三华"原是个村名，但不在信宜，在韶关翁源县。翁源县的三华李是"中国国家地理标志产品"。上世纪七十年代初，三华李"嫁"到信宜钱排镇，历经试种、扩种、改良、再扩种和品牌升级，一路风雨，终成正果。名唤"银妃"的三华李，有自己的颜值和个性，身价也由"三块一斤"涨到"三块一口"。钱排地处云开大山腹地，平均海拔超过五百米，是典型"八山一水一分田"地区，气候高寒，平均气温十八度，比邻近乡镇和信宜市区低三五度。因着早晚温差和山间缭绕的云雾，生长在钱排镇的三华李，表皮天然裹着一层薄薄的银色果粉——银妃就这样被形象地叫开了。

但是银妃很低调。如果不是身处信宜，恐怕我这辈子都无缘谋面。眼前这坡那坡满山翠绿的李子林，据说绵延十万余亩，总产量十三万吨，产值近十七亿元，带动全产业链产值过二十一亿元。每年收获季，钱排的三华李银妃悄然火热，也只有周边地区的游客趋之若鹜，因为他们知道，去晚了，餐饮住宿一房难求，养眼的银妃都直奔电商物流，定向发货。三华李供不应求，产品深加工方面只好暂时"难展拳脚"，虽然产业链的辐射早就启动，一个名为"信宜三华李现代农业产业园钱排园区"的规划也在推进建设中。假以时日，依托产业园，钱排的三华李就不只是一个银妃、一片山林、一颗果子。因三华李而受惠的，也不只是一时一地的小富。

接着说茶。不管你爱不爱好喝茶，对中国茶，大抵都如数家珍。喝过的好茶，也难计其数。所以走进大雾岭自然保护区的天池茶缘，但见水泥平台上一排两层简陋砖房，我实在没把它当回事。作为制茶重地的大敞房一览无余，清晨采摘的一芽两叶厚厚一层散布在筛网上，趋近看，叶片大而黄，黄中透一点绿，叶片太老的缘故？一台炒茶机轰隆隆响，几个旋型火炉摇来摆去正烘炒杀青，屋里弥漫着一股烤茶的香。两个老茶工一站一坐，坐着的，闭目养神看护茶炉；站着的，负责出炉、冷却、晾青，偶尔双手一抄，竹篓里的熟茶上下抖擞，人工散温。上前探问,站着的和坐着的都没什么话,偶尔吐出一两个听不真切的词,心思只在茶上。

那就喝茶吧!屋外几个姑娘已泡好了茶,茶汤金黄澄绿,倒在一次性小杯里,阳光下闪出翡翠般的色泽。提起一杯,茶汤入口,一股甘甜清香顺着喉咙,落胃、沁脾,身体的每个角落都被惊醒了——这茶真香!脑海里搜索比对,竟找不出一款同它接近的茶。"姑娘,这是绿茶吗?"我问了个傻问题。姑娘含笑举起一个茶罐给我,明前"天池崖茶",茶叶已揉捻成紧致颗粒状,罐口的茶香扑鼻而来。眼见她一泡又一泡,每出一泡茶汤都不变色,一样的滋味甘甜,齿颊留香。这香也奇异,前一秒还似幽兰,瞬息间,鼻翼里又析出一股馥郁,裹挟着山野的清劲、超拔,和……和什么呢?竟然寻不到一个能准确形容的词。总是差一点,接近了,又不尽像。耐冲泡像半发酵的高山乌龙,苦尽甘来的狠劲像苦丁茶,层叠的茶香又像……哎,哪样都不像,就是它自己。

我是回家后看到石崖茶的介绍才恍然大悟的——信宜人可真能沉得住气,原来生长在"粤西第一峰大雾岭"的野生石崖茶,属茶中珍品,是目前发现在自然植物中黄酮类含量最高的植物——黄中透绿是其本色,清香甘甜源自明末清初珍稀黄瑞木古老茶科植物采枝培育。"我们不是重技术制茶,只是地道传承古人自然法则。"这句话好似一个宣言——沉得住气的,是信守自然、遵从山野的朴素哲理啊。老茶工的寡言笃定,茶主人的隐身不知处,茶姑娘含笑以茶相待,原是他们心知肚明。在他们的身后,六万株山茶苗氤氲在海拔一千二百米的云雾里,滋养浇灌它们的,是高山莽荡云海和云海间的两个天池。

我有点好奇,这天池崖茶以怎样的频次进入人们的视野?如果不上大雾岭,我大概这辈子也无从知晓,人间还有一种茶,如此惊醒了我。

再来说说山吧。我其实是被山吸引才来信宜的，朋友说起"大雾岭原始次生林"，我脑海里跳出的是密林深处无处不在的苔藓、灌木、高树……以及隐秘的眼睛。然而山有千种万般表情。倘若从高空俯瞰，信宜整个被群山环绕，云开山和云雾山两座山脉跨过其境，境内七成多为山地。其中云开山脉由罗定市延伸入信宜市，呈东北—西南走向，连绵两百公里。周边与广西北流、岑溪等交界，山脉错杂，万壑纵横，原始次生林、箭竹林、高山草甸隐现其中。从历史博物馆里看到的信宜，是古代山地俚僚人生活的家园。虽历史古久神秘，但我更感兴趣的是现在，住在山林间的村民，他们的今天怎么样？他们的孩子怎么看自己的家乡？现代文明给了都市人去山林或海边小隐的便利，大自然慷慨地献出一切，山川、草木、鸟兽、河流、村庄、古道……可是行色匆匆的旅人，被山水治愈的同时，有没有从山民的角度，感受他们的迫切？甚而从山水的角度，维护文明对它们的规训？

沿盘山路，我看到坡地边很多新砌的水泥楼，两层或三层，还停留在半拉子，钢筋森然扎向天空，屋顶平台裸露，黑漆漆的砖墙不知是资金短缺留下的沧桑，还是此地雨水丰沛朝夕就催老了新房？很多窗门洞开着，人不知去向，主人或建筑工人，一个都看不到。偶尔闪过几个低头弯腰的老妪，在山间坡地侍弄瓜果蔬菜。如果不是有几个奔跑着的孩子活跃了空气，我以为这是一片荒村。我们都向往更好的生活，如果赚不到钱，绿水青山只能先行搁置，村民们就这样前呼后拥跑向了城市。这是我看到的现实。

可现实还有另一面。我在平塘镇马安村的村委会看到第一书记、书记和村长的照片，都很年轻爽俊，模样居然神似《山海情》里的黄轩。办公室墙上贴着一些条约、责任书，其中有一条说是解决了邻里之间的纠纷，谁家踢了谁家的篱笆之类，一些家长里短被斯文简白地填写在了公告栏里，这让我感受到村庄的日常和乡约传统的气息。马安山有大片竹海，森林覆盖率达 85%，属热带湿润型季风气候，冬暖夏凉。穿行在苍翠欲滴的竹林里，阵阵清凉的风扫去燠热，很多游客徜徉其中。登顶海拔一千三百多米的马安山时，又看到一群游客，兴致勃勃带来了全套茶具，凉亭里，茶香呼应着笑声引得我驻足观望。原来他们中的一拨人爬到了对面山头，凉亭里的人正用手机遥控拍照的表情。山就在对面，那么远又那么近。

这真是一个有趣的时间游戏：城里的人跑到山里来，山里的人栖居到城里，他们互相建设，绿了青山，兴了家园。当年的知识青年跑到乡村，扮演的是文化启蒙者的角色，今天的都市青年跑向乡村，是希望乡村的山山水水拂去身心疲惫，以短暂地安放自己。乡村提供了一个精神寄托的功能。多么好啊，礼失求诸野，行进中的中国大地正重拾和恢复着过往因为走得太快而丢失了的东西。

自然有它生生不息的创造力，尽管涌向城市的村民带不走山水，但是山水不会辜负任何一个主动拥抱它的人。这也是时间的秘密——终有一天，那些呼啸着奔来跑去的孩子要长大，那一幢幢窗门洞开的半拉子楼房要封顶，还有山林从未止息过的生命与生机，我在洪冠镇看到漫山遍野的"林下套种"，数千亩套种在松林下的益智、八角、砂仁、巴戟、南肉桂、土茯苓、草豆蔻……正以"一村一品"的规模推动着南药的发展。精神功能和物质生活互为表里，也痛痒相关，有些变化在不知觉中，你看到的，只是行进中的一个局部。

邀请我的那位朋友正是信宜人。他从信宜的池洞镇走出，读书、考学，安营扎寨在了广州。当他以"重新发现故乡"的心情面对千山万壑时，想的更多的，是时间和命运吧？千山归一山，眼前所见，就是我们心灵里的故乡。

◇ 山中何所有 ◇

爬过很多的山，还是喜欢山的深秀。若是这深秀的山里还有古寺名僧和神妙的历史，那几乎就是我理想中的美地了。从大径山归来，我一时无语，甚而怀有一个私心，对难得的理想美地总不愿以文字道出。每个远游者，都有过极其个人、极其荒幽、极其不愿与他人共享的"秘密角落"。我的所谓"秘密角落"，无非一些微物之美。

比如径山脚下的陆羽泉。手机里存着夕晖时刻随手摁下的照片，深茂竹树直冲天庭，阳光漏将下来，金子般的绿光芒撒泼在卵石、泥地、泉眼和一面苔青粉墙上，真真山静似太古！边上的木牌印有如许文字："据明嘉靖《余杭县志》记载：'陆羽泉，在县西北三十五里吴山界双溪路侧，广二尺许，深不盈尺，大旱不竭，味极清冽。'……"说的是这陆羽泉和泉边的黄泥小屋——苕溪草堂，是当年茶圣陆羽煮茶论经写下旷世名著《茶经》的地方。我对名人行迹的考据总是漫不经心，历史也有重叠，并没有唯一的真相，今人观古迹，无妨不求甚解。脑海里翻出一句话："现代人缺的是静下来内观，与古人对坐。"抬头，忽见园子里有亭翼然，五根粗抱木撑起一角天，名羽泉亭，夕晖照在抱木上，读到一句联："一生为墨客，几世作茶仙。"心下确然，那一刻的想法，在亭下的空竹椅里晒晒太阳，呆坐片刻。

不容旁枝斜逸，一众人驱车往陆羽山庄。这一晚的观茶宴、住民宿，和翌日一早登径山古道，访径山禅寺，都美得像个梦。于是乎确信：我们有时去往一个地方，因之而心生欢喜，所见所感所悟，仅仅只是来自于很微小的事物，但是因为照见了自己的内心，感觉那一刻的当下，自在而美好。

那一晚，住在径山隐隐环抱的山村民宿里，很有稳稳的踏实感。刚收割过的稻田扑面一股清新气，几只鸭子归了笼，半亩荷塘黑晕里兀自枯瘦着，狗吠声急促响起，惊动了茶花上的夜露。喝了些酒，微醺暖意。黑黢黢下了车，廊檐下有灯亮起……人生里有那样几回美妙的时刻，应当珍惜。

所谓微物之美，也即是对这样一些微小事物的敏感，虽然微小，却愿意停留。有时乡村、山水，老字号的小镇文化，旧有的传统……它们的存在，是对城市人的一种提醒，提醒自己不要走得太快——忙，就是心死亡。

循着古道上山，走走停停，眼见古木参天，修竹叠翠，任何鸟的鸣叫都自如得像一缕山风。"深山藏古寺"，脑海里翻出夏目漱石的小说《门》来。读过的书里，尤对古寺会心。小说里的中年男子宗助去镰仓的寺庙"养脑子"，朋友给他推荐了一个去处：一窗庵。宗助由山门而入，找到了寺庙边上的小庙。地处丘陵边缘，面临日照充足的寺庙门庭，背倚山腹，一窗庵一派暖意。庵里只有一个和尚看管这座大庙。宗助不是唯一一个来修道的俗人。他还见到一个脸似罗汉的居士，来山寺已有两年。还有一个售卖笔墨的小商贩，来时背了大批货物，在附近一带兜售，待货物售尽就回山寺坐禅。过不久，食物快要吃完，又背着一批笔墨去卖。如此往复。宗助心下诧异，又比照着自己的生活，浑不知怎样的人生才是合该完满的人生。他清夜扪心，终觉得不能心有所悟而陷入苦恼。他去问年轻僧人，年轻僧人对他说："有道是：道在迩而求诸远。信然。近在咫尺之事，却往往视而不见，听而不闻。"修行不得的宗助愧然回家。走前他去向照应他的僧人致谢。僧人在给他一番宽慰话后，小说突然有这样一段话：

"……他自己去叫看门人开门，但是看门人在门的那一侧，任凭你怎么敲门，竟连脸也不露一下。只听得传来这样的声音：'敲门是没有用的，得自己想办法把门打开后进来！'"

"宗助思考着如何才能把这门上的门闩拉开。他考虑好了弄开门闩的办法，但是他根本不具备实行这个办法的力量……他平时是依靠自己的理智而生活的，现在，这理智带来了报应，使他感到懊恼。"

这两段都是虚写，也即"门"在这部小说里的寓意。漱石先生到底还是阐释得很清楚了——这门，亦即心门。命运之门。对宗助这般知识分子而言，本可以无视门的存在；有门，也能够进出自由——只要你用力去推，可他恰恰缺失了那一点勇气，也就只得悚然立在门外的命运。

这有点接近禅了。眼前的径山禅寺同样有一千二百余年历史，传灯一百余代。到第十三代住持南宋宗杲禅师创立"看话禅"，临济宗开始在径山独树一帜，"衲子云集达一千七百余人"，"不仅在禅宗史上树立了一套具有创造性的禅修体系,亦宣导世间士大夫习禅,使禅法智慧融入日常生活,为人处世皆为自性之妙用。"(引自《千载传心——径山禅寺生生不息的命脉》)

对禅林僧人来说,和持戒、坐禅一样重要的日用功课是吃茶。《五灯会元》里,有僧问资福如宝禅师:"如何是和尚家风?"答曰:"饭后三碗茶。"

吃茶是禅林的传统。径山禅寺正在大修,我们被请进一间茶室。走来一年轻僧人,坐下,烧水,取茶——当然是径山茶。等待水开的间歇轻言问候几声,不再说话。你问他问题,他自自然然把问题抛给你,让你自己想。而后烫壶、泡茶,专心布茶,静默如前。禅宗里言:"丛林宗匠实难加,临事何曾有等差;任是新来将旧往,殷勤只是一瓯茶。"

大抵,这就是禅宗所谓"无差别境界"吧,也即我们所理解的"平常心"。禅意如同茶味,禅无文字，需用心悟；茶呢，也须得有心人品。想起一位诗人的话：中国古人跋山涉水，费尽千辛万苦只为了寻找心灵，而目下的我们，不敢承认有心灵，不相信有心灵。"我们的简历里已没有了山水的位置。人生已经不是山水的人生，我们的品质也不再有山水的安然、坦然、泰然……"

于是乎嗟叹：道在迩而求诸远，信然！

◇ 静守师傅 ◇

静守师傅是镇福庵里的和尚。庵本来是住尼姑的——"和尚庙,尼姑庵",通常大家都这么认为。可总也有例外。小说家汪曾祺在其名篇《受戒》里就写到一个明海小和尚,住在苦提庵。庵里还不止一个和尚。

现在这座镇福庵,在浙江宁海象山港的横山岛上。虽说已开发,我去时游人并不多,岛上树木葱郁,浓荫蔽日,满目参天古樟和挺拔秀竹。如此欢喜的清和静,真叫无话可说了!

镇福庵就在山腹上。顺着卵石小路往深处走,刚还灌木丛生、遍地苍苔,突然间就亮堂起来,看到一片开阔地——是几亩菜园。阳光金灿灿,有些晃眼,分明还没从浓阴里醒转过来。就那么一瞬,感觉灵魂出窍。脑海里漫出谁的句子:"阳光世界里,田稻穰穰,长亭短亭,柴门流水,皆成金色……"

这会儿,没有金色的稻田,也未见长亭短亭,却有大片的菜地,开成一畦畦,正是蔬菜长势最好的时节——青菜肥头大耳,草头一簇簇正窃窃私语,菠菜油亮翠嫩,芹菜亭亭玉立……胡萝卜还在泥地里沉睡,但纤细的叶子叫人莫名心生愧疚之情;卷心菜刚开长,一层层小圆叶片在阳光下笑开颜!

风吹过,我闻到了这个世界上最优雅最富贵最奇异的香水也抵不上的香——是阳光、泥土、正在拔节的茎叶混合着粪水的清香味儿,可这香,你永远也不可能在城市里拥有。这是被干净的风、新鲜的空气、清澈的水、纯粹的蓝天和真正的星空,还有生长古木苍苍也生长神话传说的土地所造就出的香。我在这香里,瞬间迷醉过去。依稀仿佛,走进我遥远的童年村庄。

静守师傅就在这个时候出现：洗旧了的海青色短衫，里头露出同样洗旧了的白色短褂领子。套袜和绑腿沾满了泥尘。脸黝黑，眼睛却清亮。乍一看，就跟总在田间地头劳作的农人没啥两样。他的身后，就是镇福庵，距菜园百步远。

先说庵。庵很古旧，宁海县志里有据可查，建于明洪武十三年，距今六百余年。和很多的深山远庙一样，这镇福庵也是小格局，却也有奇处——一般观音菩萨都立于莲花座，而这里的观音却立于鳌鱼之上。莫非……和这横山渔岛有关？

我四下里探寻，却不见静守师傅的影子。大殿内黑漆漆，午后亮白的阳光打在廊柱上拖成长长的暗影。空气里混合着浓重而发霉的、不容忽略的寂静和烟火的气息。阒寂无声。我一阵恍惚，大步奔向殿外。

殿外，是另一个世界。同行的友人正三三两两围拢在一丛老树前——这就说到了与庵同龄的三株古树：芙蓉、香樟和桑树。古庵、老树，没错，它们理该在一起。互为依存，互相倾听。

桑树更像一个巨人，当路而立，顶天立地。站在它面前，只有抬起头来，才能与它相望。树上挂着它的"身份证"：植于元代，距今已七百余年，为浙江省现存最大的桑树，誉称"浙江第一桑"。

芙蓉树就长在庵门前，不高，枝叶繁茂。树上也有一块牌子，上写：植于元代，距今已有七百多年。此树曾于二十世纪六十年代衰落枯萎，仅剩古树桩，一九九八年枯木逢春，复抽新枝，繁茂至今。

大家簇拥着看树时，静守师傅一直静立在边上，更像个置身事外的看客，脸上是农民式的淳朴，甚而还有些木讷。但是当大家正要回转身走时，他像是突然醒转过来，说还有棵树呢！在那——！说着他兴冲冲跑前头，指给大家看。就在庵旁的树林子里。是一棵六百多年的古香樟，盘根错节。奇的是，树中长树，老树桩里又长出一棵挺拔的毛竹。抬眼望去，老树像一擎天伞，高耸入云。有些树，你站在它面前，除了感动，更会生出一份敬畏之心。这棵古香樟就是。

当大家抬头仰望一时无语时，静守师傅用充满怜爱的手势拍了拍老树斑驳的身躯，身子也向大树倾去，像是在耳语，又像是在倾听——用整个的身心。我杵在树下，怀疑自己也成了树的一部分……

再往林子里走，静守师傅顺手一指，道："那边还有一口古井，水很甜咧，我烧水做饭全靠它！"我们就齐齐地跟了去。井台斑驳，井水清洌。静守师傅麻利地给大家打水。一桶水打上来，大家纷纷用手掬了喝，颔首称许。静守师傅就那样憨笑而立，眼里满是孩童般的喜悦——那后面的潜台词是："甜吧？我说得没错吧！"

到这会儿，静守师傅已进入自己的角色——他，才是这寂静之岛的主人。这古庵、这老树、这水井、这大片的林子、神话和传说……以及庵前空地上一畦一畦的菜园子，因了他的存在，才显出生命和灵性来。兴许他自己并未深切意识，而我、我们，这些偶然的闯入者和旁观者，清晰地看到了。

镇福庵没有电，到了晚上就得点蜡烛。镇福庵也没有第二个和尚、杂役或是游方僧。远来的和尚不会选择到镇福庵来落脚。静守师傅是庵里唯一的和尚。所以他既是"住持"，又是"方丈"，还是杂役。说杂役兴许更贴切些。我不知他平日里念不念经，做不做和尚们通常的早晚"功课"。但他每天必做的功课是烧水、做饭、洗衣、种菜、锄地。

"不种菜，就没菜吃；不烧饭，就没饭吃。"静守师傅两手一摊，说了句大实话。问他什么时候到了这里？答：十多年了，师傅圆寂的时候叮嘱过，要他守在庵里，从此就没离去。

十多年里，一个人守着一座庙、一座山，乃至一个岛。难得也会有游人或香客远道而来，但香火终是不旺。十多年里，独自一个人把每日的挑水种菜锄地洗衣做饭……当成修行的功课，顶着日晒、雨雪日日往前走。白天还好，有事可做。晚上就有些难熬，没有灯，即便是点上蜡烛，也是浓重暗夜里的一星豆火。一个人，每夜每夜被层层的黑和暗包裹着，会是怎样的清寂感觉？真是不好说。

但静守师傅"熬"过来了——说"熬"，未必尽然，我无法揣度静守师傅本真的内心。他站在你面前，朴拙地笑着，不善言辞。我只是从他简单的描述里猜想着他的日常：劳作、汗水、一日三餐、手捻佛珠敲木鱼……

还有什么？——寂寞？孤单？长夜难熬？或许吧！

还有什么？——还有很多。但未必人人能看得见。

不要忘了，这里有古庵、老树、林子、菜园，有鸟鸣、蝉唱、树影、风声……及至大自然的怀抱。一个热爱自然的人和一个无视自然的人；一个亲近自然的人和一个远离自然的人——他们的生活态度会多有不同。

所谓的大自然是什么呢？是湛蓝如洗的天空，逶迤盘亘的群山，清澈蜿蜒的流水，花团锦簇的草地，绿荫铺地的森林……没错，它们共同组成了人类永恒的家园。可是，光有这些还不够。这是我在邂逅了横山岛的静守师傅后突有所悟的。一个自觉地亲近和守护大自然的人，他眼里的大自然是与人类一样有灵性和生命的。那一畦畦混合着粪水味儿的碧绿菜园、那一棵棵历尽沧桑的参天大树，你听得到它们的声音吗？

静守师傅沾满泥尘的套袜和绑腿、黝黑的肌肤、清亮的眸子，还有他抚摸树干时充满怜爱的手势、前倾的身子……都让我深信：他是懂得并深爱自然的人，他和自然融为了一体，他是自然之子；他当然也更能体会万物的生机，劳动的愉悦，乃至艰辛，在他眼里，一箪食，一瓢饮，都赋予了欢欣和不易。

用作家韩少功的话讲，"经常流汗劳动的生活，才是一种最自由和最清洁的生活；接近土地和五谷的生活，才是一种最可靠的生活。"——于城市中的我们，这是怎样奢侈的人生啊！静守师傅以这样一种亲近土地的方式，感恩生活。

◇ 微尘众 ◇

惊蛰日,即兴起意出游。去哪儿呢?城市的周边大抵仿佛,处处是新起的水泥楼盘,挤挤挨挨铺排成一片片,高速公路上放眼望去,这里那里,遮天蔽日,简直密集到恐惧。久居城市的人终被城市所困,然而终是要努力,不放弃微小的找寻。

手机信手一点,导航到了金山亭林镇。记得友人说:"亭林有个松隐禅寺,寺前有条小河,很是安静。"那就去松隐禅寺吧。松下风,林中隐。"松隐"两字,真真不负一座寺庙的名。向来有一个偏执,以为寺庵庙宇的理想之地该在僻静处、山野里,惜乎红尘更爱抱佛脚,城市内外哪还有清修小庙?

上午十点出发，驱车七十公里，一个半小时的路，刚好适合临时起意。高速路到金山界，眼前突然敞亮起来，大片农田袒露，收割过的稻茬还留在田地里，也有才刚翻耕过，黑土醒目；闪过杉树林、香樟林、棕榈树和各种苗木的树林子，疏疏朗朗，深浓新绿；远近粉墙黛瓦的农舍陡然间一亮，那黑线条勾勒的悦目的白，放在这旷野里，竟似一个梦——好像哪里见过？噢，吴冠中的画！这倒给了我一个意外，"原来上海还有这么美的村庄啊！"话一出口，不禁哑然。有道是久在樊笼里，无意返自然，竟有些不知今夕何夕了。

车过亭林镇，以为松隐寺就在左近不远，却是越开离镇子越远，复又敞亮——又见大片农田、林子和村庄。只这村庄小楼不复是簇新的粉墙黛瓦，而是新旧不一的农家院落，驳杂，却也更见朴素。

松隐禅寺隐在这乡间。一条华严塔路指向明

黄的院墙。这里定是了。真有一条洁净小河自寺门前流过，河上居然跨了两顶桥，一新一旧，皆名华严塔桥。旧桥建于清朝，和六百多年前（元至正年间）松隐庵内的华严古塔相辉映。脑海里翻出一句话："我们过桥，是为了从此岸到彼岸。"

彼岸正佛号一声，钟磬一声，法音潺潺。正待敛声谛听，突然又消隐了。边门进去，但见几个工人正忙着切割钢筋，地基已挖得丈把深，原来松隐禅寺正兴土木。迎面走来一位僧人，一袭袈裟，眉清目秀，微微颔首。以为是礼节性招呼，没承想师傅却道："吃过饭了吗？"本能摇头。"现在还是饭点，快去吧！"说着指点："这条路走到底右转即是，现在应该还有。"遂恭敬从命，感恩称谢。今天的第二个意外。

斋堂里一桌僧人，一桌工地工人，各自吃得安静，小声言语几句，陆续吃完离座。就近择了一张空桌子坐下，桌上有四个菜：芹菜百叶丝、清炒菠菜、香菇菜苋、红烧萝卜。清疏简淡。菜已微凉，米饭打来尚有余温，斋堂阿姨端来一碗豆腐蛋花热汤。我们竟然就安之若素地吃起来了，仿佛回到小时候的自家客堂。菠菜清甜，菜苋青嫩，米饭也是软糯可口。阿姨过来说："好吃多吃点。"三个人真就把桌上菜吃个干净了。放下碗筷，见阿姨正双手合十，恭立在弥勒前。心下忖度，这阿姨是居士吧？吃斋念佛，斋堂忙碌，不披袈裟，也一样修行。想起我在小说里写到的一句话："庙外俗事，庙内佛事，心静时，庙里庙外都是佛事。"也是，一切众生本来都是佛。

饭后在寺里踱步。不闻人声，不照人影。僧人大概都打坐去了，连工地上的工人也都止了息，不知在哪个角落打盹。如此静寂，步进殿堂内更不敢轻慢。藏经楼一楼的法堂内，两边桌案上置有一叠金黄色封皮《地藏菩萨本愿经》。信手翻开，小声诵念："慈因积善。誓救众生。手中金锡。振开地狱之门。掌上明珠。光摄大千世界。智慧音里。吉祥云中。为阎浮提苦众生。作大证明功德主。大悲大愿。大圣大慈……"殿内阒静无声,桌案上的引磬、木鱼、云板、铙钹,以及佛前的净瓶、香花、紫金钵盂、花幔、香炉统统静谧得不由你心一颤。它们都在谛听,牵引着你摄受身心。你立定在那里,无有杂念,心怀踊跃。此种奇异清明的感觉是今天的第三个意外。

手机录下了寺内石柱上的两首七律,皆为吟咏松隐禅寺的古诗。其中一首,元朝王逢的《题松隐庵》:"一片流泉泻玉虹,九峰分绕梵王宫。雨余清气来天上,风定鸟声落坐中。松叶昼昏云欲合,藤花雪白径微通。老僧异我君亲念,一卷琅函答太空。"大抵可以遥想昔日松隐庵的蓊郁扶疏,老僧黄卷经书,"扑面临头,受用一绿,幽窗开卷,字俱碧鲜。"(张岱《天境园》)

《金刚经》里说"微尘众",多到像沙尘微粒一样的众生,在六道中流转。果真如此,一切的起点都将是终点。时间无限循环。世间万物重重无尽,小到极微之微,念念成形,形皆有识。这是佛法世界里的修行。读书人的修行呢?明心见性此其一,倘能寂然光动大千,以美的心唤醒人的心,进而真正地完成人们的生活,真就是一个民族的生生之力。

出得庙门,想起今日惊蛰,下过雨,空气里荡漾着湿濡濡的清和新。跨过旧桥,复归此岸。桥岸边一畦青菜是明翠的绿,萌着一层白,像是少女的脸,一脸明媚的天真气。叶片上聚落着一颗颗的雨点子,水钻般发亮。忍不住去逗弄水珠子,亮闪闪的珠子一下滚落,一下碎裂,忽地不见。

春天正在缓慢生发。二十四节气里,立春和雨水之后,就是春意萌发的惊蛰。小时候的课本里说:"万物复苏,春回大地。"昏睡了一个冬天的虫子们醒了,从黑夜里爬出来,脱胎换骨,向死而生,唤醒村庄、田野、花树和整个春天。想起彼岸的诵念,仿佛一个清明的梦。

◇ 云和童话 ◇

浙江的山多深秀。气候温润,风吹清幽,草木葱茏,植物多样。常有"刷山"一族择定一条线路,以脚力一寸一寸行进在山野里,识草木,辨鸟音,慢慢成了小半个植物猎人,在自己的公众号里分享四时草木之美,记录探幽和发现,全然是和植物、自然呼吸与共的体验。还有一类行动者,因为喜欢山就在那的"扑面临头,受用一绿",就停下不走了,在山里建民宿、开书店咖啡吧,和山民一样种植,创造一种与农家、自然共生同长的生活节律。这些行动者是生活家也是发明家,创造美的空间也诠释美和时间。有没有发现,这些年浙江的山山水水冒出很多美到让人怦然心动的民宿,莫干山、松阳、安吉、桐庐、永嘉、富阳、苍南、西湖边……

所有隐在深山里，建在半山腰，可远眺梯田、竹海、雾岚、云烟、古村落的民宿，都有一种时空挪移的魔力，明明就在此时、此地，却像是梦幻般照见另一个自己。

这些"刷山""刷民宿"的年轻人有一种相似的表情：喜欢草木、喜欢山野，喜欢放低了身子和植物、花草、虫鱼一个维度，相当于躬身而行。我看到过一个调查，说是更多的绿植可以减少邻里的冲突和暴力；与他人保持适当距离，可以降低心理疾病的发作率；比起久坐和躺平，快走和骑行更能增强人的幸福感——真是个有趣发现！久居城市，现代人享受着文明便捷的生活，却也不知觉被唾手可得的生活所奴役，变得冷漠、焦躁、懒怠、自闭……幸而还有草木绿植做后盾，有知山水的发明家给时空赋能，让久居樊笼的人们有一个调节呼吸的可能。

一个周末，正是梅子黄时雨，朋友来电说去云和散散心吧。云和？我还第一次听说在浙江丽水，有一个人口仅十余万的小城云和。"云和有中国最美的梯田，山清水秀空气优，来吧！"对朋友的召唤动了心，简单行装，上海虹桥站出发，高铁两个多小时到丽水站，坐上接应小车，一路绿意叠嶂中真就到了云和。

原来云和被连绵群山合抱——"九山半水半分田"的地形等于把小城拢成一个盆地。县城主马路车少人稀，整洁宁和。彼时，我还不知云和的特异处——同样是山多地少，在别处可能会让山动起来，开发山产，林下套种，推动一村一品和电商物流，因地制宜振兴山村，但云和不是。云和是发动村民下山转移。转移下山住哪里呢？城区建有四十八个安置小区。云和具备这个空间基础——县虽小，城却大，云和县城有 28 平方公里，二十年前县城建成区面积仅 3.14 平方公里，居民三万多，当时全县人口十万多，大部分村民分散在高山、深山和库区，交通、卫生、教育都成问题。陆续下山的农民住进了敞亮高楼，户口转为城市居民，这些"新市民"成了小县大城"云和模式"的受益者。

这就说到云和的产业基础——我还第一次知道，多少孩子童年拥有过的木制玩具，原来大半出自云和，云和是木制玩具制造的大本营。这一传统产业从上世纪七十年代起步，到如今云和"木玩"在海内外遍地开花。城区里走一遭，到处是木制玩具的标识和店招。持续升级的木制玩具制造业吸纳了大量下山就业的农民。也就是说，我眼前所见，分明是一座中国木制玩具城，几乎所有的居民都在玩具城里上班，就像查理的巧克力工厂，童话般魔幻，却又是现实。等他们的孩子出生，必然也将在积木和益智玩具的涵养里长大。

傍晚沿浮云溪两岸慢走，眼见一条标语——"童话云和"，看来云和人也是这么定位自己的小城的。童话当然给人人间仙境的印象，童话故事也都魔幻，想想能坚持二十年时间,以愚公移山般的精神让山里的农民下山来,给他们一个更安定舒适的家,一种更可持续的未来生活,这件事本身也够魔幻,然而却是现实。我想这才是云和人写下的童话。

山空出来了,不用抬头,都能感受到扑面盈盈的绿意。这么秀美的山,云和人拿它怎么办?刷景、刷民宿!梯田湿地是景,天籁雾岚是景,秀山竹海是景,云和湖上赏看两岸风光是景——当然隐在山里的民宿更是景中景。这些新起的民宿不显山露水,依势而建,很美地融在山野坡地。在一处叫白银谷的火山峡谷,黄泥墙的屋瓦村落云雾缭绕,一个站定,层叠的梯田和翻涌的竹海扑入眼帘。我在这个古静的村落里看到由牛圈小屋改造的小酒吧、书店、咖啡馆和木玩工坊,哦,还有可爱的山野杂货铺,售卖村里出品的紫苏辣椒酱、坑根老茶和山地土产。民宿主人小杭说:"杂货铺从不闭门,也没店员,谁想买就扫码自助。""不怕村人或游客顺手牵羊吗？""不会，游客不会随便拿，村里的大爷大娘更不会，他们很有道德感……"嘿，道德感！看那满山的绿！

小杭很年轻，安然安静的样子像是一棵朴美的山树，看不出已有多年办民宿经验，来云和前一直在丽江开民宿。"为什么又到了这里？""就是喜欢山，喜欢这里的静。"我在她微信公号里读到几句旁白："洋葱、萝卜和西红柿/不相信世界上有南瓜这种东西/它们认为那是一种空想/南瓜不说话/默默地成长着"——多好呐，那也是云和童话。

云和的梯田疏疏朗朗，水稻已种下，等待抽穗扬花，层叠的水田明镜似的一弯又一弯。"夏至雨点值千金"，我在凌空索道车里看梯田，雨点很呼应地下来了。一忽儿，水雾漫开，眼前秀山、竹海、梯田都朦胧了，群山笼罩在雾岚里。云和的美尽在不言中。

有下山进城后的村民，忍不住又回到家里创

业。在梯田景区，不少这样的民宿之家，主人从农村去到城市，又从城市回归农村。这也像一个童话。云和的美值得这般珍念和善待。如果我是一个调色师，我就设计一款云和绿——用它来做茶盏、碗碟、衣裙，还有云和茶、云和水……我想多了，云和的绿哪用我来调，你去到那里，在山间走一遭、住一晚，那丝丝缕缕的云和绿就披挂了你一身。

◇ 看树 ◇

一

一直以为,一个人如果在童年拥有过一棵"自己的树",那么他长大后,老到白发皤然也会记得这棵树。这棵树从没停止过生长,繁茂挺拔地活在他的记忆里。

我也有过"自己的树"。它们常常走进我的梦里。梦里,我站在自己的树下,和小时候的我相逢……有一天,我走在城市的街头,突然沮丧地发现:原来我的频频和小时候的树相逢,是因为城市里太少树,甚或说,城市里的树不是树——那一排排被移植到城市里的树,秃着难看的顶,稀疏地冒出几根枝条,与其说是一棵树,不如讲是一截枯树桩。

待这枯树桩好不容易撑出一片绿意,一夜间,又被园林工人以"养护"为名不动声色地修理肢解了!还有些树,因为病虫侵蚀,被一劳永逸地用水泥将树窟窿死死堵住。这个硕大难看的疤,从此突兀地暴露在城市的日光下。更多景观道上的树,干脆不见一片叶子,枝枝桠桠缠满了电线和小灯管,白天你不会注意到它,及至晚上才闪出它雪花般的银亮和霓虹来——可,这已经不是一棵树自身的美了。

忍不住要为这些树鸣不平。同时心生疑惑:难道这些长在城市里的树,除了一刀剪给它们拦腰"剃头",就没有更好的修理方式吗?难道治疗一株病了的树,除了用水泥封存就没有更科学的办法吗?还是,城市里的树合该就是这样的命运?

我只能这样理解:城市里的树不是树。城市里的树,可以是景观灯的依附,是聊胜于无的安慰或点缀,就不是一棵自然生长的树。德国哲学家狄特富尔特在《哲人小语:人与自然》一书中说过这样一段沉痛的话:"我们对植物知道些什么呢?觉察它们的痛感吗?每秒超过二万往复振荡的呐喊,我们的耳朵听不见。也许全世界、整个宇宙都在呐喊,我们却耳聋。可能草也在喊叫,当它被割、或温和动物的嘴在拔它时;当树木周围架上斧或锯时……"

——这就是了,这就是被移植到城市里来的树的普遍的命运。

一棵树,要长成绿意葱茏的繁茂景象,可不是一年两年能够速成的。所以我每到一个城市,最先注意的是这个城市的树。若这个城市,马路上满目葱郁的大树,那可真是这个城市里人的造化!这样的城市,在中国虽稀珍,却还可数,脑海里翻出绿波摇曳的杭州、梧桐深深的南京、草木葱茏的厦门……

二

五月初夏,我在小城诸暨邂逅了一片千年香

榧林。

那一棵棵姿态万千、深邃幽绿、沧桑遒劲的树啊，就那么恒久地站着，站了千年、百年。在城市里，我们难得逢到一棵百年大树，然而在诸暨钟家岭，随处可见长了五百年、一千年的香榧古树。树龄最长的一棵，已有一千三百五十年。一千三百五十年是什么概念？——唐朝。这棵古老的巨树，从唐朝开始就站在了那里。它默然无语，沉静谦和，它把千年的日月看尽，把千年的雨雪吸纳。它早站成了精。它盘根错节，根系庞大，别的树在它边上没法长成一棵树，所以，越是古老的树，它的周围越没有树。它是孤独的王……

面对这样一棵树，我找不出更恰切的词来表达我的震撼和感动。我只有站在它的面前，一次次地抬头——只有抬起头来，才可与它相望。写《博物志》的朱尔·勒纳尔说植物是"我们真正的亲人"，树与树绝不发生口角，有的只是一片柔和的细语。

他认为，人类至少可以从一棵树身上学到三种美德：一、抬头仰看天空和流云；二、学会伫立不动；三、懂得怎样一声不吭。

我想树也是有性格的。有的安静，有的奔放，有的内敛，有的热烈……那么我在千年香榧林看到的榧树，肯定是沉静的君子。它们不喜欢扎堆，一棵一棵静立在坡间台地，有的长在山泉边，有的从坚硬的石头缝里破石而出，它们就那样自由自在地生长着。深褐色的枝干虬枝四舞，大多被累累果实压弯了腰。而苍翠浓郁的树冠就像一擎擎天伞，蔓延在天地之间。

我在雨雾濛濛的林间越走越慢，脱离了大部队。同伴们的笑语喧哗远去，消隐不见。我被一种奇怪的心绪牵引，像是灵魂出窍，不敢相信自己的眼睛。雨雾越发地浓了，一层层漫开来、漫开来，纱幔一样笼在树的枝桠上、华盖般密实的树冠上。被纱笼着的大树，越发地沉静缄默了。

我耳边响起一声叹息，深长幽远。我分明看到一个童话里的小女孩，穿行在树和树之间，轻盈曼妙。旋即，女孩不见了。她去了哪里？只有树知道。童话里总有一棵这样的大树，那是人类通往精灵世界的一扇门。这扇门，隐匿在树的深处，不会让你轻易找到。我想当然地以为，那些在森林里迷路的孩子，都去了那里。那里还有一个世界，它存在着，你想要抵达的方式只有一个：相信童话。一个人，只有持有对童话的信仰，他才有更多的心灵生活，才会在黑暗里也能照见温柔之光。

每一棵年纪古老的树，都有神灵。在古罗马的传说中，森林里的大树是女神狄安娜的化身。人们尊崇它，视它为圣树。英国画家透纳的那幅名画《金枝》，画的就是这样一棵圣树。我们在很多的油画、壁画、帛画，乃至青铜器上，都能看到一棵棵远古的圣树，它们散发着梦幻般的光辉，庄严华美，不可长久凝视。那华盖一般光辉遍照的繁密枝叶,像是有一股无形的神力,将你牢牢定住……

这些被赋予了宗教色彩的树,和人类一样是有灵性的,有着鲜活的生命。你感受过树的呼吸和脉搏的跳动吗?我第一次读阿城小说《树王》时,惊异于他对一棵树的敬畏:大家四下一看,不免一惊。早上远远望见的那棵独独的树,原来竟是百米高的一擎天伞。枝枝杈杈蔓延开去,遮住一亩大小的地方。大家呆呆地慢慢移上前去,用手摸一摸树干。树皮一点不老,指甲便划得出嫩绿,手摸上去又温温的似乎一跳一跳,令人疑心这树有脉……树叶密密层层,风吹来,先是一片晃动,慢慢才动到另一边。叶间闪出一些空隙,天在其中蓝得发黑。又有阳光渗下无数斑点,似万只眼睛在眨。

此刻,我正站在这样的一棵棵树下——只怕这些树更见古老和沧桑。而你,也只有更心生敬畏,才可领受那天籁般的寂静与神秘。

三

  我在脑海里回想我看过的树。于是那些树，过电影般，一棵棵从我的记忆里跳出来。梨树、桑树、柳树、桃树、橡树、桉树、樟树、银杏树、松树、柏树、枫树、榆树、杨树、梧桐树、玉兰树、樱花树、棕榈树、菩提树……我在键盘上敲下这些树的时候，脑海里无比生动地漫出一幅幅我和树的景象。我大抵在哪里，和哪一种树相逢；我还大抵在哪里，捡拾到了哪一种树的叶子。这样的收藏，已累积了三大本，我把它们命名为《草叶集》。我在每一片叶子旁，写下对它的吟唱。

  这一番不经意的回想，让我倏然发现：原来我和树的感情，早已融进了心灵。我的成长，我看世界的眼光，我性格里那一部分神往自然的因子，肯定和树有关。

再进一步回想，我看过的树，肯定还不止于此。没错，我还在倪瓒和塞尚的画里，看到了不一样的树，前者"高逸"，后者"绚烂"——这就好比柳树之于陶渊明，枣树之于鲁迅，菩提树之于释迦牟尼……我们总能够在绘画、诗歌、音乐等诸般领域里，找到和自己气息相通的一棵树。

看一棵树，要怎么"看"，才称得上理想境界？美学家朱光潜举过一个例子：同样一棵古松，假如是一位木商，他所知觉到的应该是一棵做某事用值几多钱的木料；若是一位植物学家，他知觉到的又是一棵叶为针状、果为球状、四季常青的显花植物；另一位画家，他什么事都不管，只管审美，他所知觉到的则是一棵苍翠劲拔的古树，他聚精会神地观赏它苍翠的颜色，它盘曲如龙蛇的线纹以及它昂然高举、不受屈挠的气概……

我想我神往的看树的理想境界，即如画家般"只管审美"——我用眼睛看，用双耳听，用鼻子嗅，用整个的心灵感知、遇合、交流……我和树，一动一静，互为试探、欣赏、照亮，乃至息息相通，物我两忘——多么希望，我的这个理想的看树境界，能在自己的城市付诸实践。

◇ 花、树和青苔 ◇

在瑞丽中缅边界的桥岸边看到一棵凤凰花树，高大繁盛，花朵烁烁。你一抬头，就撞见了一树红花。大朵大朵的醒目着，如火如荼。风吹过，啪啦，一朵花从高空里坠落。水泥地上尽是硕大花朵和鸟羽一样的花瓣。也无人捡拾无人在意。喜欢花的女子，弯腰捡起一朵，再一朵，满心喜悦。人在树下，也有了花一样的神情。低首微笑，朴素温柔。

大巴在老滇缅公路上行驶时，还看到路两旁一树一树开得热烈的扶桑花。红的惊艳，粉的嫣然，白的晃眼。也是大朵大朵，一点也不低调矜持。此地的花和树，和生长在这里的傣族、景颇族女子一样，皆热情灿烂，盛装裸足。在莫里热带雨林看到的三角梅，也不似别处的规整有序和探头探脑，一簇簇一丛丛，尽一切可能地高攀到直插云霄的竹梢上，不管不顾，热烈大胆。

比之花，更耐看的是树。我喜欢仰望树的天空。站在一棵棵高大繁盛的树下，我总是情不自禁仰头、仰头、再仰头。天空在繁密枝叶间漏将下来，树影婆娑。一盏一盏的金色小灯砸进眼里，瞬间眩晕。这是在夏天。秋天又不同。北方的秋天，天空高远，旷世寂寞，这时候你抬头，透过杨树、枫树、槐树、核桃树……疏朗峻拔、秋意浸染的枝桠，任何角度，你看到的都是一幅绝美的画。再也没有比这更辽阔、纯净、葳蕤和静谧的天空了！第一次，我伫立在树下发呆、出神，一声不吭仰望天空和流云。那些流云就是天上的帆船，载着你在空中翱翔。

我还喜欢密林间长满青苔的石头。在雨林里看到一块不规整顽石，佛一样静卧着，一动不动。若仅仅只是一块什么都不长的干枯石头——城市里多的是这样的石头，高价买来，雕成山水或是龙兽的模样，被买主供起来，视作镇店（楼）之宝，在我看来了无生趣。可是在雨林里却不同。温润潮湿的热带雨林，连石头也是有生命的。呼应着高大的绿树、缠结的藤蔓、羊齿植物和灌木丛，林间大大小小的石头上，覆满了翠绿苔藓，浓密厚实。你用手去碰它，轻轻触摸，一阵酥痒的喜悦。

脑海里翻出我和青苔相逢的美好时刻。一次在川藏高原的山林间，我邂逅了大片大片长在泥地上、倒木上和玛尼堆上的青苔。我俯下身，将脸轻轻地靠向它们，漫生在青白石块垒成的玛尼堆上的青苔，仿佛是我的旧友，甚或说丢失了的童年的自己——那一刻，我在雾霭密布的森林里把它们找回来了！它们是那样清洁、孤傲，恣意生长着，远离喧嚷……

又一次，在庐山植物园看到陈寅恪墓。一般游客不知陈寅恪，也甚少来拜谒，幸而获得一份清和静。陈寅恪是江西修水人，墓地选在这里，和一山的草木结邻，甚是合宜。墓地简素得只三块形状各异的石头。一块大石上刻着他写给王国维的名言："独立之精神，自由之思想。"这令我想起湘西凤凰的沈从文墓。也是安于喧嚷市声外的山脚僻静处。墓地一块大石头，正面刻着沈从文手迹："照我思索，能理解我；照我思索，可认识人。"背面是其姨妹张充和手书撰联："不折不从，星斗其文；亦慈亦让，赤子其人。"

比之沈从文墓的清幽静谧，虫声寂寂，总觉得陈寅恪墓少了点什么。少了什么呢，一时懵懂。及至步出墓地，看到小径空阔处的两棵老水杉，顶天立地，隐天蔽日——这才豁然！陈寅恪墓地的三块石头太干净了，亦不见葱茏的大树。眼前这两棵水杉相依而立，里侧的一棵树干上绿绿的覆满青苔，像是一件滴翠的绿绒衣，真真清宁安好。

陈寅恪墓若是隐在这两棵覆着苔藓的水杉旁，那就理想了。

植物亦如人，也是有灵魂的。若持一颗朴素静美的心，你能感受到它身上的诸多美德，比如沉默，比如荫庇，比如岁月荣枯，比如呼愁般的"莲花池外少行人，野店苔痕一寸深"的怅然！

◇ 几帧少女的花影 ◇

鸡蛋花

所有的写作还都是一种纪念，我手机相册里存了大量没舍得删去的照片，竟然都和花、树有关，大多是行游中的惊鸿一瞥。二〇一八年十一月在海南博鳌看到的一树树鸡蛋花，开得静美清雅，暮霭细雨中，悄立在围绕海边宾馆蜿蜒开去的草坡上，雨滴落在粉红鹅黄和白净的花瓣上，少女般楚楚惹人爱。我从地上捡起一朵落花，又一朵，和在枝头上一样的洁净幽香。雨越发地密起来了，一抹抹鹅黄花心里蓄满了晶亮水钻，我确然转身……我知道，我和她，早已心意相通。

也是在十一月，二〇一七年越南胡志明市，统一宫侧殿的墙外，我遇见了两棵修长端方的鸡蛋花树。第一次邂逅这么秀美这么舒展的花树，我呆立树前仰看，天空湛蓝，高墙白净，鸡蛋花树无论哪个角度看都美得舍生忘死。虬结的枝干弯折着，叶子快要落尽，一朵一朵的鸡蛋花停在枝头，竟然纯洁天真！明明虬枝沧桑，却映出少女一样的袅袅婷婷——胡志明市街头穿白纱长裙的美少女也这表情。

在两棵花树下站久了，同行的友人觉得不可思议——竟然、竟然你无视更该知晓的他乡历史，却对花啊树的这般上心，可见你多没出息！唉，朋友可没这么说，只是我自己忍不住腹诽。实在，我对花树的喜欢也太缺少植物学家的博闻通识了，甚而还总记不住它们的科属学名。比如眼前的鸡蛋花树，我其实知道的并不比花下走过的旅人多，可是站在它面前，我忍不住要蹲下身，捡起一抹明黄色，脑海里翻出高更在大溪地岛爱过的那些女子，耳边总漫不经心插着这样的一朵朵鸡蛋花，很风情很热带，却又如少女般明媚鲜亮——我兀自过滤了热带岛屿那铺天盖地的丰沛葱茏和暑热难当。

有个诗人说："每座城市都有自己的气味。她嗅得出哪一个是刚进来的陌生人。"这个"她"，说的是城市吧？而我如果是那个陌生人，那一刻，站在花树前，我也嗅得出这座城市的气味。

那天深夜从北京启程，六小时二十分钟后抵达胡志明市，当然我更愿意叫它西贡。机场出来，整座城市还在湿雾笼罩的晦暗里。我们就在机场外的廊道椅上稍坐，成排的椰子树姿影曈曈，感觉跟南宁民族大道和香港西贡街巷很相像，热雾的气息裹挟着东南亚的湿濡和植物蓊郁的绿扑面而来。没有鸡蛋花迎候，却有好大一捧斑斓夺目的热带兰。刘亮程眼尖心密，说有六种颜色，正好对应我们此行的六人。入住西贡胜利酒店后，葛水平将这大捧兰花分成六份，我手机里还能翻出我那一份插在玻璃水杯里的鲜嫩黄璨和朱红天青雪白，跟鸡蛋花一样的明亮。

顺手微信拍照识花，原来这大捧花是七彩洋兰，竟也是"安静美少女"，花语为欢迎、祝福、吉祥和纯洁，是热带和亚热带花园里的精灵——嘿，说的不就是鸡蛋花吗？我莫名对一座城市的感应，竟在一朵花面前"昭然若揭"。手机里刚巧读到一句话："城市空间里的两个基本地理坐标，除了树，就是路。一个用于经过，另一个也用于经过。路有多老，树就有多深。"能出此言者，深度爱树人无疑了。可是，很叫人无奈的是，多少城市的空间，地理坐标恐怕早就没有树的身影了。树在城市里很瘦小很微弱很象征，庞大坚硬密集的建筑群却雨后春笋般拔地而起，呼应这建筑群的，是浩浩荡荡新架设的通衢大道，城市天际线苍茫成了挤挤挨挨的楼盘丛林。没有了树，路宽阔敞亮却也孤单寂寞，每一天的经过，等同于每一年的经过，路看着车来人往，兀自老去。

然而二〇一七年在西贡和河内的街头，我切切实实感受到了风吹草木动的怡人景象，手机翻出拍下的越南行草木世界：

罗勒、九层塔、青木瓜、番石榴、百香果、鳄梨、木薯、兰撒果、莲雾、青柠檬、朝鲜蓟——宝塔状莲花瓣的一个个堆叠在集贸市场的塑料桶内，起初以为是释迦，不知是怎么个吃法；一种虾球穿在香茅尖梗上，虾球肉有了草叶的清香；红曲米沾花生碎粒吃；木薯、番石榴和削成一条条脆青的芒果，酸中带甜；清汤牛肉米粉加香料自己调味，不知深浅添了两勺子辣酱，那股麻和辣直冲头顶，眼泪鼻涕瞬间奔涌，头皮都要炸开了……

街上到处是摩托车大军，密密匝匝，水泄不通，小汽车和行人只能小心翼翼夹在其中穿行，绿灯亮起，轰鸣般的呼啸声带起团团焦烟弥散在路旁芒果树椰子树鸡蛋花树的绿荫里。一场暴雨说来就来,急促又盛大,摩托车风一样飘过,燠热昏沉的气息很快被大雨浇个透,雨水洗刷过的路面大开大阖,仿佛重生般,眼前一切水亮生动,前一刻的暑热难当谁都既往不咎。

樱花树

浙江龙泉的女孩金芷同看过我的书,还曾为我的散文集《辛夷花在摇晃》写过一个长长的读后感和"续集",这是很多年前的事了。当年她父亲通过博客找到我,发来女儿的作品,这就有了交集。几年间,女孩跟着爸妈来上海看病拜访我,不记得在那幢延安中路老大楼我们《文学报》的寒舍见过几回了。这一次,女孩爸爸又带了女儿来上海六院复查,约了中午到我报社一见。我们已搬了新家,威海路报业集团的四十一楼,女孩突然出现在我面前,父亲相伴其后宽然而笑。

忽而少女初长成,我眼前一亮,女孩个子拔高了变漂亮了,一袭粉色针织长衫套在粉色系花叶长裙外,简直就像一棵初开的樱花树,文文静静的月长脸,低眉颔首,依旧怯怯地喊我一声"陆老师",但这小声音里有了亲切可信赖的表情——连声音也似樱花一样淡淡的轻轻的,一丝儿微风拂面的柔软和清甜。樱花也是少女树,晕染着梦幻般的表情。

我带她在编辑部各处看,门墙上的作家题词、文学长廊,透过宽展敞亮玻璃窗看到的成片老洋房醒目屋瓦顶,难得一见晴朗日,眼前东方明珠和金茂大厦、上海环球金融中心、上海中心大厦直插云霄。女孩在我的书架前驻足,我们聊起天来,感觉这个樱花一样的女孩真的是长大了,才念高一,却看过不少书,很多的作家她都会心。于是随她自己看,一盏茶的时间,她挑了迟子建的《北方的盐》,北岛的《青灯》,村上春树我还没拆封的一本新小说。我又送她我们的作家周历和文创日记本子,她很悦然地接下。女孩爸爸说："同同读书成绩很好，学校也是重点高中，只是现在学业太紧了，连看书时间都没有，同同很想课间看看，老师都急……"女孩听着，定然无谓的表情，像是在说别人的故事。这表情也是樱花一样的。

这天是三月八日，"女孩节"才过，"女神节"又热热闹闹地在手机里刷屏，而我却当真逢着了一个樱花一样的女孩。此刻她静立书架前，跟我说她其实更喜欢"社科"——我以为她会说"文学"或者"艺术"，问她为什么，她惜字如金地不多说……心里翻腾起一个念头，假以时日，这个樱花一样的女孩会长成什么样子呢？祝福她弱弱的身体尽快好起来，向着蓬勃郁绿、刷着阳光的夏天走去。

香豌豆和葡萄风信子

同事办公桌上每日有鲜花。这一周是日本豌豆花和雀梅。浅紫皱瓣的豌豆花鲜嫩得可以直接入水粉画框，波浪形花瓣轻盈似蝴蝶，也像维多利亚时代女孩们的衣裙花边，我觉得它的花语就该是少女的梦。刹那照见，感觉心仪已久的柔软。

网上查了下，完全呼应我的感觉——豌豆花早就入了欧洲栽培的悠久历史（三百多年），很多古老的花卉图谱和经典画作里都有香豌豆的身影，而且总和女孩儿一起出现，当真是花仙子。香豌豆原产意大利，来自美丽的西西里岛，到了日本，也成了宫崎骏工作室中的花，在《千与千寻》里，少女千寻手中握的就是一束香豌豆，成为离别和回忆的象征。香豌豆花虽纤细娇柔，却也要承受永远的别离。它的花语就是永远的离别——人生如果拉长了看，我们每一次的成长不就是一次次的别离，一次次和时间的告别？

还有一种水蓝色的葡萄风信子，也是少女花。小小的花穗头，开出的风信子迷你得很，一串串葡萄籽粒大小的铃铛花，像是给拇指姑娘住的花房子。

好看又清雅的花，都是童话里的美少女，梦幻般的表情，我见犹怜。所有和美有关的事物，都叫人一见倾心。因这一刹那的照见，会给我们美的一击，就像是唤醒和棒喝，接近于禅和哲学。精灵一样的葡萄风信子，是池塘的涟漪。这种水蓝色小铃铛，还有个有趣的名字，叫亚美尼亚蓝壶花，天门冬科下的一个属，广泛分布于欧洲、北美、西亚，早春开。

鸭跖草

童话里的女孩，并不都是娇美柔弱的豌豆姑娘，也有出身乡野、却生气远出的女孩花，比如鸭跖草。因为喜欢它，我把它写进了小说《格子的时光书》里。我以为它只出现在我的故乡，什么时候开、开在哪一片草坡也只有我一个人知道。作为年龄屈指可数的小孩儿，我理所当然地不知道它叫鸭跖草。果真知道了，也会把它念成"鸭石草"，或者"鸭拓草"，就是不会读"ya zhi cao"。

虽说顶着一个容易读错字、和鸭子脚掌也没啥大关系的怪名字，鸭跖草开出的花和它的别名却清雅无比。两枚薄薄的深蓝花瓣顶在两端，接住下面半透明的小花瓣，细长花蕊从中间底部伸出，乍看像是蝴蝶、小鸟的喙，或是某种敏感的虫类。它的几个别名都很好听：竹叶草、碧蝉花、蓝胭脂、翠蝴蝶，日本人还管它叫露草，因它开在有露的清晨，顶着晨露而开，只开一上午，太阳一出就枯萎的缘故。日本滋贺县出产一种篮纸，就是用鸭跖草花的花瓣染成。

因为太喜欢这种草花了，记得小时候看到它，总是眼前一亮，感觉遇见了精灵。虽说是乡野之花，和它的邂逅也总在寂寂无人的竹林或坡地，露水清风的早上,所以就特别珍惜,一厢情愿地以为,这一朵朵小花里都住着一个小人儿。不信你盯着蓝草花看,冷不丁小人儿会跳出来和你招手鞠躬……我总是一蹲就老半天,姐姐喊去吃午饭,等我捧着碗再去察看,那个精灵小人儿却从此不见了,好看的蓝花瓣也合拢枯萎——"原来美的东西都不长久啊……"多年后,《格子的时光书》里的男孩小胖道出了我心底的喟叹。

开在乡野的花自有一种出尘之美,它们灵性,浑然,有生机。其实我喜欢这种深蓝小花,是觉着鸭跖草的蓝里有光。多年后读到日本童谣诗人金子美玲的诗,尤其那首用作书名、广为流传的《向着明亮那方》,觉得分明就是写给鸭跖草花的——

向着明亮那方,
向着明亮那方。

哪怕一片叶子,

也要向着日光洒下的方向。

灌木丛中的小草啊。

向着明亮那方,

向着明亮那方。

哪怕烧灼了翅膀,

也要飞向灯火闪烁的方向。

夜里的飞虫啊。

向着明亮那方,

向着明亮那方。

哪怕只是分寸的宽敞,

也要向着太阳照射的方向。

住在都市里的孩子们啊。

这最后一句,也有译本翻成"住在都市里的人们啊"。金子美玲的诗有多个中译本,她的诗实在适合所有年龄的人们——她自己也是一株鸭跖草花啊,虽命运多舛,只活了短短的二十七年,但她明亮的忧伤、野草花一样的和命运惺惺相惜的灵魂,一直在诗里闪着光,惊醒着一个个柔软干净的少女的梦。如果用一种颜色来形容她,那一定就是鸭跖草花的蓝。

◇ 无数青山水拍天 ◇

从"格物"和"格人"的角度看,考古学家和文学家的方向是一致的,都是为了研究物和研究人——研究物也是为了研究人,研究人所创造的文化与文明。文明最终的归宿,我以为,就是过一种"忠于内心的生活",更进一步,就是朴素地生活,深刻地思考。

这番感受,是我从四川彭山的江口沉银地归来,浮于脑海的一刹那念头。中国的名山胜川太多了,如果不是借着一个机缘亲身踏访,恐怕彭山永远在我的知识盲区里,而我也不可能和这样的一座山一条河一片古街有任何意义上的交集。"这样"是哪样?容我一一道来。

山,是彭祖山。彭山以此得名顾名思义也理所当然。彭山建制于秦,有两千三百多年历史,那时还叫武阳。比武阳更悠久的是彭祖，一个活了八百八十岁的老头儿，历夏商周三朝，官拜贤大夫，能做一手好菜，烹调的羹汤味道鲜美，还懂养生，留下一部《彭祖经》流传民间。为他立传的，是晋代的葛洪。司马迁也在《史记》里写到他的生平阅历。屈原诗歌里有他，孔夫子对他推崇备至，庄子荀子吕不韦等都论述过他——这么一个仙界中的人物，却有名有姓、潇洒自在地活在中国古代的典籍中，想来是必须、也不该小看的。

他已活成了一个象征：长寿的象征，养生的象征，也即中国传统文化的长养之道，"养天然正气，法古今完人"，彭祖就是这么一个"完人"形象。一个人，如能经历几辈子的人生，"看穿名利场，悟透乾坤象"，"清心而不寡欲，隐逸而非鳏居；朵颐而不饕餮，美食而重蔬果"，这般的通透达观性情又知进退，出世也入世，大隐隐于市，实在是一种极认真的生活态度啊。我在彭祖山上看到一块青苔覆面的大石砖,上有阴阳两条像鱼也像龙的石雕,栩栩如生,首尾相接互为怀抱。这块巨石八卦图是怎么从更深的悬崖上发现的?如今它被镶嵌在地,栏杆加持,成了众人追慕的彭祖采气场——据说它恰好位于北纬三十度,而在人们纷纭的传播里,沿着地球北纬三十度线前行,既有种种奇妙的自然景观,如埃及尼罗河、伊拉克幼发拉底河、中国长江、美国密西西比河,都在这一纬度线入海;更神秘莫测的是,这条纬线贯穿世界上许多令人难解的自然和文明之谜,埃及金字塔、约旦死海、巴比伦空中花园、百慕大三角区、玛雅文明遗址……现在,在这一神奇纬线上,又多了一处彭祖山采气场,人们自然要隆重地让脚步慢下来,感受顺乎于心的生命之气。

怎样才算顺乎于心?彭祖那样的贤大夫,"少好恬静,不恤世务,不营名誉,不饰车服,唯以养生治身为事……"总觉还不够。在中国的儒家文化里，修身齐家外，还得平天下——在今天，就是活得真实饱满，朴素率真，有大志向。活在幽微纯粹的世界里，还有能力建造诗与它的山河。写到这里，我想到一个人：苏东坡。彭山隶属眉山市，苏东坡是眉山人，远因和近由都对了，一个活泼泼在传说里，一个念念回响在历史中，他们都是大能的人——原来"文明"就是这样的一些文化基因，它们像空气负氧离子一样萦绕着你，赋予你生命和生机；也从来没有裹足不前的"文明"，它总在流动中生生不息，指引着你从容不迫地继往开来。

一个地方同时出现两个完人般的"仙才"，真是山川造化。当我从群山环绕的彭祖山下来，抬眼间，看到了一条汤汤大河——岷江，长江水量最大的支流，发源于阿坝州境内的岷山南麓。在李冰治理水患前，每年夏季岷江两岸洪灾频发。李冰选在都江堰修筑鱼嘴，建起堤坝，将岷江一分为二：往东流经成都为内江，成都盛产丝绸锦缎，织锦常在江中漂洗，故又称锦江；另一条外江向南流，所经区域大多在古称武阳的彭山区境内，故又称武阳江。

当此刻，我眼前所见，恰是武阳江锦江两江交汇，浑沉江水拐向岷江下游往乐山、宜宾、重庆的那一弯"江口"——坐镇观三江，江口镇因此得名。在陆路尚不发达前，这个江口小镇是岷江往成都的最后一个水运码头。"日有千里行船数百艘，夜有万盏明灯照码头"，江岸街铺逶迤好不热闹。我在想，如果不是二〇一七年江口沉银遗址的考古大发掘，这一片朽木斑驳的古镇老街早被时间遗忘了。而今它虽也斑驳依旧，到底多了注视的目光，我看到一些生活在吊脚小青瓦房里的老人，他们的脸上是安享寂寞也自得其乐的表情。一些老人在打牌，玉米粒作筹码，无视往来路人的探望驻足；一些老人闲坐着发呆喝茶摆龙门阵，茶两元一碗，停车免费。一座开敞的老宅前挂着社区老年协会的牌子，后院对着岷江水，老人们在自弹自唱，几盆兰花正默吐芬芳，究竟还是压不住一墙之隔卫生间的浓重气味。弹唱队可能是临时凑成，不过老街生活嘛，也就寻个开心打发时光，有展露一手的机会总是愉悦的。人说这里老者皆寿高，问缘由，话一出口，竟觉问得傻，彭祖故乡嘛，哪里会空担虚名？以一个行路人的眼光看，这里的老人还算自在，寂寞是可能的，老街上基本不见年轻人和孩子，可是怎样才算不寂寞呢？住在城里，生活富足，卫生条件良好，出行也方便，种种条件的改善一样也抵消不了精神层面的困惑，寂寞、焦虑、病痛、子女矛盾和误解……哪样也豁免不了啊。这么看这里的老人终是幸福的，有他们在，旧山河也是新故园。

江口古镇也是幸运的，一江之隔，老街对岸，两江交汇处的江岸上正热火朝天建造着江口沉银博物馆。未来蓝图已绘就，"随着江口水镇、彭祖山景区、沉银小镇等一系列项目陆续推进，江口古镇将再现昔日十里长街灯火辉煌的局面。"

  引号里的话来自一本印制精美的图册,书名"江口沉银"四字烫银,一枚足够证明是张献忠时期的"西王赏功"金币闪闪发光。张献忠建立大西国后,曾铸造金银铜三种质地的"西王赏功"钱币赏赐有军功者。据称二〇一一年嘉德春季拍卖会上,一枚这样的金币以两百三十万元的价格成交,从清朝至今四百余年的时间里,"西王赏功"金币只在史书上出现过两回,一枚为钱币收藏家蒋伯薰收藏,后捐赠给上海博物馆,另一枚已熔为黄金。二〇一七年起,通过三期水下考古,五万余件珍贵文物陆续浮出水面。和考古队考古大发掘展开呼应的,是当地公安对"张献忠沉银盗掘案"中最贵重国宝虎钮永昌大元帅金印以及金册、银锭等文物的万里追赃。一年后,案件成功告破,追回文物千余件。

  考古大发掘和盗掘追回的文物印证了一个事

实：多少年来，流传在民间的张献忠江口沉银不是一个传说，更多对历史文献记载的讹误、补充，还有待印证、比较和研究。历史就是这么吊诡，从更长的尺度来看，很多抢救性的考古发掘都是拜盗掘者的疯狂"成全"，从而加快了历史研究的步伐，这样的例子在历史进程中比比皆是。

江口沉银，考古学家看到的是文物，盗掘者看到的是黄金，历史学家看到成王败寇的张献忠敛财无度杀人如麻的必然命运……那么对生活于岷江岸边的老街百姓来说，就是一段永远说不完的传奇了。我更愿意接受这个"传奇"。

看到一张上世纪八十年代江口茶馆的老照片，镜头里围桌而坐摆龙门阵的老人们，甚至还有孩子和年轻男子，一概凝定在老僧入定般的表情里，仿佛空气里有一股神秘的力量控制着肉身——他们在谈论什么？思绪飘向了哪里？茶馆墙上挂着"武阳茶"的醒目店招。这样的一个洋溢着生活感的日常瞬间，不比我在库房目见一枚虎钮金印更叫人怦然心动？传奇在被时间定名前，创造了多少耐人寻味的想象？也许物的考古和人的修为本质上都是在为文明和文化创造磅礴的想象力，人类正是仰赖这无尽的想象力寻找和出发，探寻与发现。

图书在版编目（CIP）数据

通往自己的路上 / 陆梅著. -- 上海：上海文艺出版社, 2023
ISBN 978-7-5321-8622-8

Ⅰ.①通… Ⅱ.①陆… Ⅲ.①散文集－中国－当代 Ⅳ.①I267

中国版本图书馆CIP数据核字(2023)第030056号

发 行 人：毕　胜
策　　划：李伟长
责任编辑：江　晔　余　凯
封面设计：钱　祯
封面插画：施晓颉×公号：痴吃喵

书　　名：通往自己的路上
作　　者：陆　梅
出　　版：上海世纪出版集团　　上海文艺出版社
地　　址：上海市闵行区号景路159弄A座2楼　201101
发　　行：上海文艺出版社发行中心
　　　　　上海市闵行区号景路159弄A座2楼206室　201101　www.ewen.co
印　　刷：浙江中恒世纪印务有限公司
开　　本：787×1092　1/32
印　　张：9.125
插　　页：5
字　　数：109,000
印　　次：2023年4月第1版　2023年4月第1次印刷
I S B N：978-7-5321-8622-8/I.6790
定　　价：58.00元
告 读 者：如发现本书有质量问题请与印刷厂质量科联系　T:0571-88855633